U0115294

文學研究叢書・臺灣文學叢刊

聚光燈外：李昂小說論集

戴華萱　著

自序
僻徑與蹊徑

　　記得十多年前在師大唸國文研究所時買了李昂的《殺夫》，鄰座的男同學看見後竟露出一副十分驚悚害怕的表情，眉宇間透露出「唉呦～妳怎麼看那種書」的神色，讓我印象非常深刻難忘。後來投入臺灣文學研究，尤其是深深吸引我的女性文學領域，才知道在臺灣文壇屢受爭議但又極具個人特殊美學風格的才女作家李昂，其在美學及各種問題意識上的前衛價值之所在。她自踏入文壇以來，敏銳地書寫自己關懷的議題而往往成了各類禁忌的題材，獨樹一幟的引領風騷；雖飽受指責非難，卻也無畏流言蜚語的一路挺進。正因為如此，李昂是當代臺灣最具代表性的女性作家之一，由目前學術論文的累積量自不待言。

　　但在這樣龐大的研究成果中，我卻觀察發現，大多數的研究焦點集中在她三部高人氣的小說：《殺夫》（1983）、《迷園》（1990）、《北港香爐人人插》（1997）。若以江寶釵、林鎮山於二〇一二年主編《不凋的花季：李昂國際學術研討會論文集》書末的附錄「評論彙整」（至 2010 年）為分析的依據[1]，我將篇目中出現這三本書名的論文（含「專書論文」、「期刊論文」）及報紙的評析文章加以統計的結果發現，以《殺夫》、《迷園》、《北港香爐人人插》這三部小說為題的李

1　以《不凋的花季：李昂國際學術研討會論文集》的「評論彙整」為依據，乃因目前整理李昂書目彙編的實體書籍，以此本為最晚。詳參江寶釵、林鎮山主編：《不凋的花季：李昂國際學術研討會論文集》（臺北市：聯合文學出版社，2012年），頁453-467。

昂論述幾乎佔了將近總量的二分之一[2]，這還不包括以性、性別或政治為主題的綜合研究，其中也論及這三部作品的篇章。相形之下，對李昂其他著作的關注則顯得冷淡許多。這對於一個自一九六八年持續創作迄今，且創作力豐沛的作家（截至目前，李昂共出版二十一部小說集、七部散文集）而言，無疑是個值得考察的現象。無庸置疑的，評論者如此偏重在她這三部小說的研究，勢必導致某種程度的以偏概全，將李昂的創作狹窄化、扁平化，彷彿李昂的創作重心只有情慾與政治而已。

　　誠然可見，《殺夫》與《北港香爐人人插》極高的話題引起讀者的好奇而名列暢銷排行榜。據李昂記憶，與她多數作品約四、五千本的銷量相較，《殺夫》大概賣了六、七萬本，《北港香爐人人插》則在出版一個月內大銷十八萬本[3]；前者同時也是臺灣目前翻譯成外語最多的文學作品（十七種）；後者則在當時幾乎成為臺灣民眾茶餘飯後的八卦話題與流行語。這兩部作品的相關研究量，似乎與書市的銷售量與媒體的曝光成為正比；當然，這兩部作品在李昂創作生涯中確實也具有經典的代表性。《殺夫》於一九八三年獲聯合報中篇小說首獎，因作品對男性性暴力、性奴役以及女性性壓抑的關懷而帶出的臺灣社會議題引發議論而聲名大噪。我以為李昂飽受衛道人士（＝男性？）猛烈抨擊的關鍵點是，這類被視為傷風敗俗的小說竟是由一位年輕、未婚的知識女性所寫，有違向來被要求的溫良恭儉讓的閨閣文

2　在此份「評論彙整」中，專書論文四十二篇：八篇《殺夫》、八篇《迷園》、四篇《北港香爐人人插》，共二十篇；期刊論文六十六篇：十九篇《殺夫》、七篇《迷園》、一篇《北港香爐人人插》，共二十七篇；報紙評析六十七篇：九篇《殺夫》、一篇《迷園》、十九篇《北港香爐人人插》，共二十九篇。同前註。

3　梁鈞荃整理座談會紀錄，〈性別、記憶與文化偏執？——李昂文學的價值定位〉，同註1，頁437。

學傳統。而女性主義者則歡欣鼓舞的搖旗吶喊，用力撻伐在男尊女卑的儒教傳統下所衍生的男性大沙文主義者。至於《北港香爐人人插》因富有極強烈真實的影射性，外行看熱鬧者樂於進行對號入座的八卦遊戲；內行門道者則大量探析性、政治與權力的糾轕關係。而介於兩書間出版的《迷園》雖然沒有熱賣，但此書是李昂進入九〇年代後首次加入政治論題的轉折之作，尤其她將性連結到國族認同與歷史記憶議題，挑戰了當時國民黨統治下的政治禁忌，因此也受到學界相當多的關注。然而，當多數的研究幾乎集中在這些作品時，盤旋在我腦海中的納悶與好奇的是：李昂的創作歷程如此之長，幾乎每一時期都交出亮眼創作成績單，但何以研究者如此執拗的偏愛這幾部小說？除了情慾與政治，李昂的文學世界還有什麼迷人的風景？當我懷著這樣的困惑，全集式地重新細讀李昂的作品，卻驚喜發現在聚光燈的強力光束外，李昂文學其實仍有許多面向是少人觸及的。

因此，這本專書的五篇論文，在論題的設定上就有意識地避開李昂那些高人氣指數的小說，儘管它們仍有可開發的論述空間。在這樣的認知前提下，我擇取李昂較少被評論的著作，並且兼及歷時性的關照，目的在透過對這些小說的細讀分析以擴延李昂較顯為人知的其他面向，進而將之放在臺灣美學風格瞬息萬變的脈絡下觀察，研究這些作品能產生什麼樣的補充或對話關係，以得出有別於既定的李昂印象。簡言之，這五篇論文正是將注視李昂的目光投向聚光燈外的暗處，透過細緻的觀察與論析，企圖呈現李昂文學世界的廣袤與多彩。

〈囚禁的鹽屋〉以李昂出道（六〇年代末至七〇年代初）的經典代表作《花季》（原題《混聲合唱》，1975 年）為研究範疇。此篇論文的構思起因於我觀察發現評論者一致將花季系列定調在現代主義的位置，對於一本小說出版後十多年來幾乎只有一種解析路徑，引發我深入探討的好奇。再一次細讀《花季》，確實感受到因現代主義啟蒙

的年輕李昂在作品中呈現內心晦澀苦悶、不安的情感基調，但我卻在極細微處發現小說中的主角即便遭受各種困頓，仍戮力於尋找成長方向，是極為積極的成長追尋。因此，在拋開慣常的現代主義視角後，重新從「成長小說」（Bildungsroman）的角度閱讀詮釋，這雖然是延續我在博士論文裡對成長小說的關注，但卻更細緻深入剖析現代主義、現代性與成長小說這三者的關係。有別於學界向來對花季系列僅止於寫作技巧與怪誕孤絕主題的探討，我在此指出《花季》是一本「現代主義式的成長小說」，兼論小說中現代主義藝術和成長主體互相闡明的一面。當我自成長小說的角度重新閱讀「花季系列」的更進一步發現是，李昂自第一本書開始就具備對主體性建構（成長）的關懷，此乃李昂創作以來一直關注的母題，爾後隨著歷練與視野的不同，才更開展出對性別主體、國族主體議題的思索追尋。

〈請（勿）入座〉則探討李昂八〇年代至九〇年代初期的「情書系列」。這一系列在一九八四年出版時有四篇，但我同樣發現只有〈一封未寄的情書〉和〈假面〉這兩篇被提及或選入女性讀本中的偏食現象；後來更對出獄不久的楊青矗竟然根據李昂的情書寫下四篇回信以及李昂再寫的續情書感到新鮮有趣，也就引起我研究這一系列情書的動機。本篇論文首先指出此一「情書系列」的後設風格是李昂創作的重要轉折，在《迷園》、《北港香爐人人插》中運用十分純熟的「括弧按語」，第一次使用就是在〈一封未寄的情書〉，實具有開路先鋒的創作實驗嘗試，自此下開李昂日後頗具特色的書寫風格。其次，《北港香爐人人插》、《路邊甘蔗眾人啃》的「對號入座」與否的議題，也是首次在情書系列中登場。我在此提出「情書系列」企圖藉由符號遊戲與後設技巧以鬆動讀者對號入座慣性的合理性，以及李昂如何透過後設技巧的嘗試以啟動真實與虛構的辯證關係。最後，將一九八四年的李昂、一九八六年的楊青矗、一九九〇年的李昂這三波情書

小說並置對話，自此窺見臺灣後設小說發展脈絡的一切片，呈現出臺灣後設小說自七〇年代寫實風潮後，從摸索實驗到成熟，最後喪失其前衛意義的文學面向。

接著來到九〇年代，我注意到《甜美生活》（1991）、《禁色的暗夜：李昂情色小說集》（1999）這兩本小說集完全沒有相關論文的產出。《甜美生活》其實就是援引情書系列中的一篇篇名，由於書中完全是收錄舊作[4]，自然沒有受到關注。而《禁色的暗夜》則是李昂有意識集結她書寫有關同志主題的小說集，除了〈回顧〉（1972）、〈莫春〉（1975）是舊作外，〈禁色的愛〉則是一篇新的創作[5]。與此相關的是，二〇〇五年的《花間迷情》這本描寫女同志的長篇小說，也同樣未有人提出相關研究，甚至時常被忽略遺忘[6]，據此誘發我探索李昂「同志系列」的興趣。〈「同志文學」的內／外？〉就以李昂涉及同志書寫的七篇小說為研究範疇，自〈有曲線的娃娃〉（1970）迄《花間迷情》（2005）的時間跨度共三十五年，在這歷時性的觀察中，除了李昂是臺灣第一位書寫女同志的女性作家的歷史價值已有學者提出外，我以為李昂的同志書寫開展出兩個重點：一是同性戀乃後天形成，因此性傾向是可以藉由行為調整轉變成異性戀，二是讓同志飽經內心掙扎後標舉異性救贖說，以消除同志內在的不安與痛苦。根據這兩點觀

---

4 《甜美生活》共收錄十篇，分別為：〈婚禮〉、〈有曲線的娃娃〉、〈回顧〉、〈人間世〉、〈蘇菲亞小姐的故事〉、〈生活試驗：愛情〉、〈轉折〉、〈她們的眼淚〉、〈一封未寄的情書〉、〈甜美生活〉。詳參李昂：《甜美生活》（臺北市：洪範書店，1991年）。

5 《禁色的暗夜：李昂情色小說集》除此這三篇有關同志書寫的短篇小說外，另收錄情書續集的〈給G. L.的非洲書簡〉和〈暗夜〉（1985）共五篇。

6 在二〇一〇年由中正大學臺灣文學研究所舉辦的「李昂跨領域國際學術研討會」的座談會中，由范銘如教授主持，與談人有藤井省三、陳萬益、劉亮雅、楊翠四位教授。會議最後，李昂說「你們都忘了我還寫一個叫《花間迷情》，寫女同志的小說。」詳參江寶釵、林鎮山主編：《不凋的花季：李昂國際學術研討會論文集》，頁440。

察，我進一步思索像李昂這類可以說是站在異性戀的主流位置上的同志書寫是否適合列入同志文學史的脈絡中？如果列入，應該產生什麼樣的對話關係？帶著這樣的疑惑，將李昂這七篇同志書寫與朱偉誠〈另類經典：台灣同志文學（小說）史論〉（2005）、紀大偉《正面與背影——台灣同志文學簡史》（2012）、《同志文學史：台灣的發明》（2017）提出的史觀對話，由此反思同志文學的定義、範疇及內容。

　　進入二十一世紀後，四處行旅的李昂在創作空間的維度上不再囿限於臺灣本土，二○○七年臺灣第一部長篇飲食小說《鴛鴦春膳》問世，此作雖然受到學界較多的關注，但仍多將焦點放在飲食與情慾、政治二者的繫聯。而我在〈父之死與信念的崩解〉一文中指出它有別於一般飲食散文側重色香味描摹的美食書寫傳統，罕見地連結了飲食與死亡主題。因此，我在這篇文章中就特別著眼於「飲食」與「死亡」這兩個關鍵詞，一方面指出《鴛鴦春膳》集結李昂畢生創作的三大主題：自我存在感、情慾與政治，以飲食與死亡（＝祭品）為媒介，將過往的創作成績單祭獻喜愛美食的亡父，以慰之在天之靈。也同時觀察出李昂因為父親之死以及對第一次政黨輪替後期的政治信念的崩解，使得這部小說趨於內省，既是過去創作的總結、也是對於新出發點的思考。另一方面則歷時觀察李昂自一九六○年代末以來的小說創作，指出上述三大主題在《鴛鴦春膳》產生了和緩的質變，《鴛鴦春膳》成為其創作生涯的轉折之作，繼起日後的《七世姻緣之台灣／中國情人》（2009）、《路邊甘蔗眾人啃》（2014）等作。

　　最後一篇討論的是《七世姻緣之台灣／中國情人》（2009）。這篇耗時七年寫下的小說延續李昂在《鴛鴦春膳》中四處旅行的故事，只是這次聚焦在臺灣／中國兩岸。將《七世姻緣之台灣／中國情人》置於她整體的創作脈絡下觀察發現，這部作品有別於她慣有的統獨二元的固定身分以及向來大膽露骨的性愛實寫，由全球化的空間流動與神

秘靈異的情慾虛寫，提出流動虛級化的家國想像，一再從男女累世僅能相戀無法結合以指涉中國與臺灣僅能保持交流卻無法合為一體的兩岸關係。最後，小說安排男性死亡並不再落入輪迴，表示男女雙方終能結束七世姻緣的關係，由此隱喻唯有在斬斷中國與臺灣間長久以來的紛擾糾葛後，臺灣才有實質獨立自主的可能。簡言之，〈虛寫的國族與愛情〉這篇文章中的重要發現在於，二十一世紀後落入全球化流動思考的李昂，從《七世姻緣之台灣／中國情人》這本小說中就呈現出她轉向家國身分與情慾書寫虛級化的變化軌跡。

在這本專書中，我以李昂第一部處女作「花季系列」的研究為首篇，二〇〇九年的《七世姻緣之台灣／中國情人》為末篇，這也呈現出我對李昂各時期創作的觀察，試圖由這些較少受到關注的作品中看出李昂創作的歷時性切片。首先，從《花季》的成長書寫到《鴛鴦春膳》、《七世姻緣之台灣／中國情人》的死亡，呈現出李昂在各個階段對人生不同的生命關懷。《花季》的成長困惑、《一封未寄的情書》面對愛情與婚姻的抉擇、《鴛鴦春膳》面對父親的死亡，以創作為祭品與父親和解，最後在《七世姻緣之台灣／中國情人》的誦經聲中超渡輪迴，由此透顯出李昂小說主題關懷人生的斷面。其次，李昂過人的創作才華總能在臺灣文壇帶動風潮，從《花季》可以窺見李昂是臺灣以年輕作家的身分書寫成長小說的開創者，以及她早在黃凡〈如何測量水溝的寬度〉前就已開始創作後設風格的〈一封未寄的情書〉，這兩點可以作為補充她在文壇總是引領風騷的現象。第三，李昂在《鴛鴦春膳》中自飲食影射民主政治已死的寓意，寫出政黨輪替執政後的政治信念崩解；爾後在《七世姻緣之台灣／中國情人》發展出虛寫的國族想像，由此觀察出李昂政治思維轉變的軌跡。透過這幾篇論文的呈現，的確可以看到一些李昂的不同面向。

如果說這五篇論文得以展開些許不同於既有的李昂視野，那麼，

此刻完成這本專書的我猶如一個走在僻徑卻能別開蹊徑的人那般欣喜，原來聚光燈外的李昂同樣有著令人驚嘆的風景。這本論文集的企圖，正是希望能夠完整且主體呈現李昂文學的樣貌。儘管如此，我也必須承認，囿於能力與永遠不夠用的時間，我仍然必須以主題與文學史議題為導向，無法逐一處理我所謂李昂較少為人討論的作品，如她近年來轉以飲食散文為創作重心的諸作。在此書即將付梓之際，內心滿懷感恩與感謝。謝謝我的丈夫溫志中教授無上限的支持和兩個女兒珮廷、苡安的乖巧貼心，包容我並不十分稱職的妻子與母親的角色。謝謝我的父親戴錦河與母親游秋珍，在我每週北上授課之際，讓我仍得以恣意享受只當女兒的特權。我尤其感激自幼疼愛我如己出的乾媽游秋玫和善良溫柔的表弟媳蔣淑婷，總是在我焦頭爛額趕寫論文之際伸出援手，為孩子們打造最快樂的假日天堂。還有一同論學的好友陳允元，永遠難忘在淡水「真食・手作」中一同並肩作戰的美好時光。

戴華萱

二〇一七年六月

目次

囚禁的鹽屋
──從「成長小說」重讀李昂《花季》[*]

一　前言

　　自一出手就展現創作才華的李昂[1]，第一篇〈花季〉（1968）刊出時才十六歲，文中對青少女性幻想意識的細膩摹寫曾引來文壇一陣騷動，甚至將她視為神童[2]。爾後她將高中時期的創作集結，出版第一部小說集《混聲合唱》（1975）。十八年後重新以《花季》為名再版[3]，李昂仍肯定的說，除了《殺夫》外，這些小說大部分是她截至當時自認

---

[*]　本文原以〈囚禁的鹽屋──論李昂《花季》的成長困境〉為題，發表於「歷史記憶與文學藝術──東亞漢學論壇國際學術研討會」，日本長崎大學多元文化社會學部主辦，2014年12月26日。後收入《東亞漢學研究》2014年特別號（2014年12月），頁126-137。2017年大幅修訂後收入本書。

[1]　施淑以為李昂在〈花季〉中表現的冷淡清新的文字風格，對於事件的描述能力，以及更重要的，在整個情境的處理上憑藉著對事象關係所作的多面展示而達成的思辨性，都使這篇小說極具說服力。參施淑〈鹽屋──代序〉，收入李昂：《花季》（臺北市：洪範書店，1985年），頁7。

[2]　白先勇在〈不信青春喚不回〉一文中就說：「當時台北流傳文壇出了一位神童，十六歲就會寫男男女女的大膽小說（花季）了。」參白先勇：《第六隻手指》（臺北市：爾雅出版社，2007年），頁208。

[3]　李昂的第一部小說集《混聲合唱》收錄一九六八至一九七二年的作品，共十一篇，一九八五年再交由洪範書店出版，除了書名易為《花季》，也少了〈回顧〉一篇，僅有十篇；原因是「原書中的〈回顧〉因著性質類似，收入亦由洪範出版的《愛情試驗》一書中」，參李昂：〈《花季》洪範版序〉，《花季》（臺北市：洪範書店，1994年），頁1-2。本文徵引此書時，於文末直接括弧標明篇名及頁數，不另作註。

為寫得最好的作品[4]，可見花季系列在其創作生涯中極具開創的代表性。然觀察李昂的研究成果發現，評論者多關注《殺夫》、《暗夜》、《迷園》、《北港香爐人人插》諸作，大量探析性別、情慾、政治、國族等論述間的糾轕。相形之下，對李昂花季系列的討論顯得冷清許多。試探其因，因該書出版時的代序文〈鹽屋〉，已見施淑十分精闢細膩的剖析，於文章一開頭就以「六〇年代末，當臺灣的知識青年喜歡以存在主義和心理分析的觀點作為思索問題的基礎時，李昂開始寫她的小說」切入問題的軸心[5]，鞭辟入裡的闡述作者因受到現代主義影響以及自身遭遇的困境，遂在作品中展現出存在意識與心理真實。再加上李昂屢屢自述高中時期深受存在主義、佛洛伊德、意識流等現代主義思潮的影響[6]，使得評論者幾乎難以跳脫此角度，將花季系列定調在現代主義之列。

當評者多自現代主義的視角理解，自然關注花季系列的寫作技巧，及其所呈現的怪誕、孤絕、頹廢、陰森的主題，由此評價此書沒有什麼太大的價值[7]。李昂除了不予認同外，也不免感到些許遺憾，

---

4 李昂：〈《花季》洪範版序〉，《花季》，頁1。

5 〈鹽屋——代序〉一文首見《混聲合唱》（中華文藝月刊社，1975年），該版的作者為施叔青，但到了洪範版之後，作者均為施淑。根據林依潔的採訪，李昂明確更正此篇代序是施淑女（即「施淑」）寫的。參林依潔：〈叛逆與救贖——李昂歸來的消息〉，《她們的眼淚》（臺北市：洪範書店，1984年），頁213。〈鹽屋——代序〉一文詳見李昂《花季》，頁5-18。

6 李昂〈寫在第一本書後〉：「初中由於家裡的藏書，讀的全是當代西方作品。伴著存在主義，心理分析，意識流，我寫了整整兩年多小說，直到大專聯考迫在眼前，才收心讀一陣教科書。這兩年多裏我完成自〈花季〉到〈長跑者〉七篇作品。」《花季》，頁198。另，在邱貴芬的訪談中，李昂也說：「我早期的小說，都是存在主義的小說。」見邱貴芬：《（不）同國女人聒噪：訪談當代台灣女作家》（臺北市：元尊文化企業公司，1988年），頁113。

7 李昂：「也許某些批評家會以為《混聲合唱》一書完全是現代主義陰影下的產物，沒什麼太大的價值，但我卻一直以為，在小說創作的藝術價值上，這本書，可以說

表示「真正」的詮釋尚未得見：

> 這些早期的小說，曾被認為是受卡夫卡的影響，是所謂的「現
> 代主義」小說。對此我不予置評，但卻一直希望替這些小說找
> 到一個真正屬於它們的立足點，可惜一直未能如願。只有很本
> 能的辯解，小說與鹿港有的必然關聯，它們絕非只是現代主義
> 的夢[8]。

李昂在一九八五年以《花季》為名再版時明言此系列「絕非只是現代
主義的夢」，真正的立足點還未出現。雖然在「作者已死」，詮釋權已
交給讀者的今日，還去探問作者的創作動機似乎顯得多餘；但一系列
的小說出版近二十年只有一種剖析的角度似乎也太過單面。再者，若
就張誦聖對臺灣現代派作家觀察後提出的兩點突出的表現特色：一
是對文學形式（表層結構）與「現代」認知精神（深層結構）之間
精緻的對應和結合；二是企圖借著對細節的描寫以表達出一種「經
驗的真實」[9]。當花季系列僅止於寫作技巧與怪誕孤絕主題的探討，
顯然只關注了張誦聖所謂的「表層結構」與細節描寫，未觸及「深層
結構」與真實經驗的剖析。易言之，卡夫卡、佛洛伊德的作品與思
維，不過是提供李昂一種表達形式的基礎，其內容絕非只是現代主義
式的夢囈私語而已，這也難怪李昂會發出真正立足點尚未得見的感
嘆。直至一九九九年，鄭雅文以《戰後台灣女性成長小說研究──從

是我到目前為止所寫的作品中成就最高的。」參李昂：〈混聲合唱〉，收入陳銘磻
編：《青澀歲月》（臺北市：爾雅出版社，1980年），頁95。

8　李昂：〈《花季》洪範版序〉，《花季》，頁2。

9　張誦聖：〈現代主義與台灣現代派小說〉，《文學場域的變遷》（臺北市：聯合文學出
版社，2001年），頁12。

反共文學到鄉土文學》為研究論題，從成長小說的理路探析臺灣五〇年代至七〇年代的女性小說，李昂為其研究對象之一，首次開啟了從成長小說的角度閱讀《花季》的部分篇章[10]。二〇〇四年楊佳嫻選編《臺灣成長小說選》時，李昂的〈花季〉亦在其列[11]；爾後再出現兩本也是將李昂放在成長小說的脈絡中論述的學位論文[12]。由此可知，論者已自〈花季〉中嗅出李昂的小說主題富含成長意味。然綜觀這三本論文的共同現象是：論文探討的作家不只一個，對李昂花季系列的討論篇幅有限，自然不夠全面也不夠深入。再者，這些論文的研究範疇亦非專注於六〇年代的作品，未論及現代主義與成長小說兩者間的關聯性，畢竟這是十分重要的理解關鍵。

本文就自成長小說（Bildungsroman）的理路進入，乃因觀察發現現代主義中關注主體存在的哲學思維，早可在成長小說這一文類中找到蛛絲馬跡。對於人存在議題的探討，在歐洲文藝復興運動之際即可見。因十八世紀德國啟蒙及文藝復興運動後宗教規範的束縛逐漸式微，個人終於獲得解放，人們不再一味相信「命由天定」的神學論，人自神的庇護和壓抑下解放出來後，一方面凸出了「現代性」的一個主要面向：不受拘束、四處流動[13]；另一方面面臨了認識、甚至是塑造內在自我與外在世界的問題，從而關懷主體成長的論題。自十八世紀後半

---

10 鄭雅文《戰後台灣女性成長小說研究——從反共文學到鄉土文學》（桃園市：國立中央大學中國文學研究所碩士論文，2000年）。

11 楊佳嫻主編：《臺灣成長小說選》（臺北市：二魚文化事業公司，2004年11月），頁151-161。

12 這兩本論文分別為：許君如：《一九六〇年代台灣學院派本省籍女作家成長小說研究——以陳若曦、歐陽子、施叔青、李昂為例》（臺北市：國立臺灣師範大學國文學系在職進修碩士班論文，2009年）。張以昕：《戰後台灣女性成長書寫的敘事特徵與世代轉折——以郭良蕙、李昂、陳雪為探討中心》（新竹市：國立新竹教育大學語文學系碩士論文，2011年）。

13 廖咸浩：〈有情與無情之間——中西成長小說的流變〉，《幼獅文藝》511期（1996年7月），頁82。

葉,「成長小說」遂在德國發展成為一個相當成熟且重要的文學類型,但「成長小說」相關理論的成形,則是一直要到一八七〇年在德國哲學家狄爾泰(Wilhelm Dilthey)著名的傳記中論及「Bildungsroman」後,「Bildungsroman」才開始成為學界所採用的文學專有名詞[14]。到了二十世紀,成長小說已成為西方小說寫作的重要模式之一。至於存在主義(Existentialism)則稍晚盛行於二十世紀四、五〇年代的歐洲,在五〇年代末至七〇年代風靡臺灣知識圈。存在主義肇始於歐洲對理性時代的反撥,爾後有一群哲學家提出思想各異的主張,然其共通關心的議題:人在這世界上真實的存在(authentic existence)以及人的主體性(subjectivity)[15]。既然屬於現代主義一支的存在主義和成長小說的形成都是對自我主體性的反思,又研究西方現代主義的學者卡林內斯庫(Matei Calinescu)指出,由於現代主義和現代性都是在「反對自身的傳統」,現代主義本質上就是對現代性的追尋[16]。因此,為了清楚問題的脈絡,我們有必要先對現代性/現代主義/成長小說的關係略作探究,說明這三者的關聯性。接著,再從成長小說的理路出發,論析六〇年代因受到現代主義影響的李昂在《花季》中開展出什麼樣的成長論述。

---

14 Randolph P. Shaffner, *The Apprenticeship Novel－A Study of the Bildungsroman as a Regulative Type in Western Literature with a Focus on Three Classic Representatives by Goethe, Maugham, and Mann* (New York: Peter Lang ,1984), pp.3-4。

15 存在主義的主要哲學家有:尼采、齊克果、胡塞爾、雅思培、海德格、馬塞爾等。參見鄔昆如:《存在主義透視》(臺北市:黎明文化事業公司,1975年)。陳鼓應:《存在主義》(臺北市:臺灣商務印書館,1967年)。

16 馬泰·卡林內斯庫(Matei Calinescu)著,顧愛彬、李瑞華譯:《現代性的五副面孔:現代主義、先鋒派、頹廢、媚俗藝術、後現代主義》(*Five Faces of Modernity: Modernism, Avant-garde, Decadence, Kitsch, Postmodernism*)(北京市:商務印書館,2002年),頁77-95。

二 現代性／成長小說／現代主義

　　若借鏡西方文明發展史，當十八世紀初期也是突然落入現代性革命的歐洲，在文學上就通過「成長小說」這一文類表現出來，莫瑞提（Franco Moretti）就說：

> 當傳統社會開始崩解後，學徒的經歷不再是像傳統舉行成年禮一樣可以預測，而是對社會的一種未知、不確定的探索。藉由探索的過程讓人產生內心自省的能力（interiority）。此外，在資本主義的驅使下，一股新且不穩定的力量構成了未知的流動性（mobility）。……在十八世紀初，成長的關鍵轉變不只是對青少年（youth）的再思考。在所謂的「雙重革命」（double revolution）中，歐洲幾乎是在毫無預示的情況下，突然落入了「現代性」（modernity）中，但卻沒有現代性的相關文化。因此，假若「青少年」的意義獲得了代表性的象徵地位，同時「成長小說」的「大敘事」（great narrative）也逐漸成形，這並不完全是因為歐洲必須給予「青少年」一個意義，而更是為了給「現代性」一個意義[17]。

在這一段論述中，引起我們思索的是：其一：何以給予「現代性」一個意義就必須將文字裝進「成長小說」的載體裡？其二：「青少年」何以能代表「現代性」？在思考這兩個問題前，我們必須先對「現代性」有一概括性的瞭解。根據馬歇爾‧伯曼（Marshal Berman）

---

17 Franco Moretti, *The Way of the World: The Bildungsroman in European Culture. London*: Verso, 1987, pp.4-5.

的定義，「現代性」是「現代」經驗的總稱，而「現代」意味發現自己處於一個不斷變化、提供新視野的環境，以及隨之而來摧毀我們舊有且習慣的一切的動力；顯然「現代」是處於一個不穩定而變動的環境[18]。由此展開第一個思考：「現代性」與「成長小說」有相似的特質：變動，莫瑞提於該文文後即指出：由於成長小說具有流動（mobility）和內心自省（interiority）的這兩項特質，正足以表現出現代性是流動的、內心不安的、不穩定的特色[19]，據此，十八世紀的歐洲社會便將尋找現代性的意義寫入成長小說此一文類中。到了十九世紀後，西方社會再度因工業革命對都會生活的反動和批判，於一八九〇至一九四〇年間發動一場文學的美學革命——現代主義，現代主義一詞在一九五〇年代才成為一般的術語[20]。接著，我們就必須再進一步探討「現代性／成長小說／現代主義」這三者間的關聯性。李歐梵指出，在西方現代主義中，他們迫切感到必須探尋更加深刻的藝術真實，以抗拒世俗的煩惱和弄清自己存在的意義。為此，他們創造了各種形式主義的方法[21]。易言之，現代主義雖發展出頹廢風格的美學面向，但本質仍是關注人類如何面對現代性的問題。也就是當面對現實環境的人們處於不得協調的分裂狀態時，現代主義主要表現出憂鬱、疏離、衝突、荒謬等內在感受的特色，很大程度上是為了尋找思想和精神的出路。楊照就以為：「現代主義，尤其是存在主義影響下

18 詳參馬歇爾・伯曼（Marshall Berman）著，徐大建、張輯譯：《一切堅固的東西都煙消雲散了：現代性體驗》（*All That Is Solid Melts into Air: Experience of Modernity*）（北京市：商務印書館，2003年）。

19 Franco Moretti, *The Way of the World: The Bildungsroman in European Culture.*, p5.

20 Williams, Raymond, *The Politics of Modernism: Against the New Conformists*, London and New York: Verso, 1989, p. 32.

21 李歐梵：〈台灣文學中的「現代主義」和「浪漫主義」〉，《現代性的追求——李歐梵評論精選集》（臺北市：麥田出版公司，1996年），頁184-185。

的文學傾向於內省，而且習於將整個外在環境看作無形的枷鎖，強制
規定著個人的本質。然而要瞭解、體認自我真實的存在，就必須先解
除對這些規定的信任與依賴。這整套意念，剛好可以和成長的追求相
配合」[22]。據此，我們可以說，存在主義文學深度描摹人內在心理狀
態的特質和對人存在本質的追求是和成長小說尋求生命意義的企圖是
相同的。簡言之，自文學類型著眼，我們可以透過成長小說理解現代
主義中對存在反思的核心精神。

　　第二個思考的是，青少年何以能代表現代性。首先，必須先瞭解
青少年的特質。「青少年」在年齡上是一個相對性的概念，一般說來
大約是指十二至二十歲左右[23]，是兒童學習向成人轉變的過渡階段。
此時期開始權衡所有曾經掌握的訊息，為自己提供生活策略，成功獲
得自我認同者，將順利邁入成人階段，否則將產生角色混亂、認同危
機或認同困惑[24]。若要理解青少年與現代性的關係，同樣也必須瞭解
兩者間具有什麼樣相同的特質。廖咸浩指出：正因為青少年同時象徵
了現代性的兩個互相衝突的層面；「尚未成人」（不安、流動的）以及
「終將成人」（理性至上、利益優先的），而成長小說自始就欲以少年
純真的眼光，洞悉建制的僵化與不合理，因為「理性尚不發達」的青
少年面臨各種矛盾與衝突接踵而至，但恰又能展現「不為成人世界的
成見所蔽」的純真，遂特別適合作為批判所從出的視角[25]。綜言之，
現代性、青少年、成長小說這三者均是對現存制式規範的質疑與衝突

---

22 楊照：〈「啟蒙的驚怵與傷痕」——當代台灣成長小說中的悲劇傾向〉，《夢與灰燼：
　　戰後文學史散論二集》（臺北市：聯合文學出版社，1998年），頁207-208。

23 艾里克森（Erik H. Erikson）將人類的心理發展過程分為八個階段。詳見陳仲庚、張
　　雨新編著：《人格心理學》（臺北市：五南圖書出版公司，1989年），頁190-199。

24 詳見陳仲庚、張雨新編著：《人格心理學》，頁190-199。

25 廖咸浩：〈有情與無情之間——中西成長小說的流變〉，頁82。

的產生，從而表現出流動不安與內省的特質，並企圖尋找主體存在的意義。

再聚焦臺灣的現代性，主要展現在一九六〇年代臺灣社會、經濟邁向現代化與現代主義文學風潮興起這兩方面，此兩者在西方本就具因果關係：西方現代主義的釀造乃是來自經濟上的重大變革[26]。但現代主義在臺灣的生發，研究者普遍以為不同於西方：由於臺灣並沒有興起的物質條件，僅是來自政治抗拒及避禍的心理或是一味崇美的仿冒抄襲。前者有陳芳明指出「臺灣現代主義作品所表現的流亡、放逐與幻滅，則是對反共政策與戒嚴體制的抵抗」[27]，以及白先勇自剖「作家為了避過政府的檢查，處處避免正面評議當時社會政治的問題，轉向內心的探索」的現身說法[28]；後者則有呂正惠、陳映真等學者提出臺灣以西方（尤其是美國）的現代主義作為進步面的追趕模擬[29]。高壓政治與西化模仿引發臺灣現代主義的流行確實是不爭的事實，但邱貴芬則舉證推翻臺灣六〇年代經濟與資訊尚未發展的看法，由各項建設與數據指出當時臺灣正值經濟突飛猛進的年代[30]，更由施淑的觀

---

26 陳芳明：〈現代主義文學的擴張與深化〉，《台灣新文學史》，第十四章（臺北市：聯經出版事業公司，2011年），頁348。

27 同前註。

28 白先勇：〈流浪的中國人——台灣小說的放逐主題〉，《第六隻手指》，頁111。

29 呂正惠指出，本來是以反映現代西方資產階級社會的病態作為主要目的的西方現代主義，在臺灣現代化知識份子的眼中，反而會抹去了它的問題性，而只呈顯出它的進步面，而成為現代社會的現代文學，以別於舊社會的舊文學。也就是說，現代化與現代主義變成是同樣具有同一方向的進步意義的名詞。參呂正惠：〈現代主義在台灣——從文藝社會學的角度來考察〉，《戰後台灣文學經驗》（臺北市：新地文學出版社，1992年），頁22。陳映真則以為臺灣的現代主義是一種末流的第二次元的亞流的殘餘，他認為流行現代主義的臺灣，像是所有西方文化的後進地區，只見不良的惡影響。詳參陳映真：〈現代主義底再開發——演出「等待果陀」底隨想〉，《陳映真作品集·隨筆卷8：鳶山》（臺北市：人間出版社，1988年），頁1-8。

30 邱貴芬指出，以工業品為主的出口經濟形成了臺灣開放型經濟，加工出口區的設置

察：窺測「鐵幕後的蘇聯、中國文化大革命、東京巴黎美國的學生運
動、種族屠殺、布拉格之春等世界大事」，或是「在咖啡廳聽披頭
四、鮑伯・狄倫」，同時「感受著嬉皮、迷幻藥、禪」[31]，斷言當時亦
是一個資訊不斷進出的變動時代。簡言之，六〇年代的臺灣一方面面
臨經濟現代化發展與西方資訊快速進入的社會轉型期，另一方面則因
正值風聲鶴唳的戒嚴時期，作家們轉而沉浸於個人感覺的、潛意識的
內在世界中，從而展現出現代主義文學，由此建構出臺灣的現代性。

　　與本論題相關的是，臺灣的現代性就在現代化建設與流行資訊的
撞擊下，帶來了傳統與現代價值觀的衝突；於文學創作上，則受到存
在主義影響的這一類作品則主要表現出憂鬱、疏離、荒謬等內在感受
的特色。陳芳明進一步觀察指出，在接受西方現代主義的過程中，臺
灣作家也表現出在地的特色，他指出臺灣現代主義的追求，在很大程
度上是為了尋找思想與精神的出路；也就是臺灣作家所寫的流亡與死
亡，其實蘊藏著正面的、積極的生命意義[32]。楊照也細膩的觀察到，
現代主義文學在某種程度上仍具有追求成長或尋找突破成長困境的
意圖：

　　　　戰後半世紀的文學經驗裡，以六〇年代現代主義籠罩下，「成
　　　　長」的主題最有發展。……一個可能的解釋就是現代主義，尤

帶來工業高成長，也帶動了婦女勞動參與率。並舉林鐘雄於《台灣經濟發展四十
年》的研究成果指出此時臺灣以「平均每年10.4%的高成長率領先諸開發中國家，
奠下邁向工業國家之列的基礎。」詳參邱貴芬：〈「在地性」的生產──從台灣現代
派小說談「根」與「路徑」的辯證〉，收入張錦忠、胡錦樹編：《重寫台灣文學史》
（臺北市：麥田出版公司，2007年），頁343。

31 施淑：〈現代的鄉土：六、七〇年代台灣文學〉，《兩岸文學論集》（臺北市：新地文
　　學出版社，1997年），頁305-306。

32 陳芳明：〈現代主義文學的擴張與深化〉，《台灣新文學史》，第十四章，頁348。

其是存在主義影響下的文學傾向於內省，而且習於將整個外在環境看作無形的枷鎖，強制規定著個人的本質。然而要瞭解、體認自我真實的存在，就必須先解除對這些規定的信任與依賴。這整套意念，剛好可以和成長的追求相配合。[33]

儘管臺灣發生現代主義的原因不同於西方，但存在主義文學深度描摹人內在心理狀態的特質和對人存在本質的追求卻是相同的；據此，論者多有志一同指出臺灣以六〇年代的成長小說居多[34]。在學者多數觀點的效應下，第一本研究臺灣成長小說的學位論文，就是以六〇年代的二名現代主義大將——王文興與七等生的作品作為分析的探討對象[35]。然因臺灣現代主義多呈現內心晦澀苦悶、不安的負面感受，倘若由成長小說的視角觀之，楊照就歸納此時期的成長書寫具有濃厚的悲劇性傾向，再加上六〇年代的成長小說多側重在成長過程的勾勒而非強調成長的結果，確實迥異於德國傳統成長小說以快樂作結的結局[36]。然而不管故事是哪種結尾，成長小說的本質是主角積極地從

---

33 楊照：〈「啟蒙的驚怵與傷痕」——當代台灣成長小說中的悲劇傾向〉，《夢與灰燼：戰後文學史散論二集》，頁207-208。

34 《幼獅文藝》於一九九六年首次舉辦了第一屆「世界華語成長小說」徵文比賽。鄭樹森在成長小說徵文的決選會議上，就提出「四九年後，在臺灣，大體上是六〇年代開始比較多」的見解。參李文冰記錄整理：〈世界華文成長小說徵文決選會議〉，《幼獅文藝》510期（1996年6月），頁8。又，呂正惠也以為戰後的臺灣成長小說由於受到現代主義的影響，雖然忽略成長過程中的社會事件，但卻轉而集中探討個人內在心理體驗。呂正惠：〈社會與個人——現代中國的成長小說〉，《幼獅文藝》492期（1994年12月），頁20。

35 論文以《王文興與七等生的成長小說比較》為題，闡明這兩位作家筆下的小說主角的成長是經歷一連串的內視與省悟後，進而建立一套屬於個人的、有別於常規的信念。陳瑤華：《王文興與七等生的成長小說比較》（新竹市：國立清華大學中國文學研究所碩士論文，1993年）。

36 若簡要歸納成長小說的發展，自十八世紀末以來隨著時代環境的遷異，成長小說書

內外去塑造自己，使之與世界達到和諧或平衡的境界的作品[37]。而現代主義式的成長小說，由於主角大多是受到內在動機的影響，因此，這一類成長小說反倒更應該要關注的是：小說一開始時，主角所嚮往的是哪一種世界？環境如何塑造與影響主角？主角如何塑造自己成為這個環境的產物[38]？也就是必須透過對外在環境的探析，才得以瞭解小說主角何以產生這樣的成長心境。據此，本文即以李昂《花季》為範疇，探析她在現代性的衝擊以及現代主義手法的影響下，如何架構出她個人對成長主題的探索，以及如何在藝術上寄託著對成長的追求。易言之，下文將探討李昂如何從現代主義的寫作技巧，勾勒出青少年對成長的追尋，將論點著重於小說中現代主義藝術和成長主題互相闡明的一面。

三　空間的圍限與逃離

李昂特別指出花季系列與家鄉鹿港的必然關聯，對當時年僅十六歲的李昂，且鄉土文學意識尚未高漲的六〇年代末，家鄉與創作兩者間的繫聯自然不會是她具有強烈本土關懷的呈現。因高中前的李昂幾

寫的成長面向更為多變，可概分為十九世紀的傳統成長小說與現代成長小說兩類，前者以歌德《威廉‧麥斯威特的學習時代》為典型，主要描寫主角如何通過外塑與內省的成長動力，多為正面且富教育意義的明確結局；後者則一反歌德筆下快樂作結的結尾，成長的內容或是被悲觀主義（pessimism）所取代，或是彰顯出對社會價值觀的再評估（revaluation of all values）。James Hardin, *Reflection and Action: Essays on the Bildungsroman.* University of South Carolina Press, 1991, p. xvi; Susan Ashley Gohlman, *Starting Over－The Task of the Protagonist in the Contemporary Bildungs-roman.,* New York ＆ London: Carland Publishing, 1990, p.19.

37 Susan Ashley Gohlman, *Starting Over－The Task of the Protagonist in the Contemporary Bildungsroman,* New York ＆ London: Carland Publishing, 1990, p.13.

38 同前註，p.30.

乎都生活在鹿港，但卻十分嚮往能快速接收爆炸文藝資訊的臺北；如果說成為大學生象徵另一階段的成長開始，那麼離開鹿港就成了中學生李昂最渴切的盼望，而空間的離／返也的確正是成長小說時常出現的重要元素。由於成長小說與自傳間的關係幾乎是每一部作品都會提及的問題，兩者最主要的區別在於成長小說具普遍性，而自傳則沒有這個特徵[39]。但成長小說常富有自傳性的特質，所以適度的瞭解作者生平，有助於讀者能更客觀的審視成長小說[40]。準此，我們可以藉由施淑的敘述瞭解李昂當時是如何看待家鄉這個空間：

> 她覺得遭遇到了一個最「無趣」的然而重要的選擇：大專聯考。對她來說，這選擇意味著或者必須以無比的寬容繼續忍受小鎮瑣碎冗悶的生活，或者加入臺北，那個她當時確信著的充滿「異鄉人」的世界。被想像和傳聞組織起來的生活總是容易叫人酩酊的，何況當時臺北確實有一群熱熱鬧鬧的現代文學藝術的吹鼓手，他們的成績，不需太多時間就可被李昂讀到，像巫術一樣的蠱惑她。[41]

從自傳的角度，李昂宛如一隻遭聯考圍限的困獸，急於逃離鹿港小鎮的停滯煩悶，嚮往充滿現代性刺激的臺北都會。有趣的是，當她將這樣的創作動機以現代主義的筆法呈現，反倒成了具呈現普遍青少年成長困境的成長小說。成長小說常描寫主體因空間移動而有不同的試煉才得以成長，這是自歌德《威廉·麥斯特的學習時代》

---

39 同前註，1990, p.15.

40 Jerome Hamilton Buckley, *Season of Youth: The Bildungsroman from Dickens to Golding*, Cambridge, MA: Harvard University Press, 1974, p.26.

41 參施淑：〈鹽屋——代序〉，頁5。

（*Wilhelm Mesister's Apprenticeship*）中勾勒出來的成長原型[42]。包查德（Borcherdt）據此就將成長模式分為「青年期」（the years of youth）、「旅行期」（the years of travel）及「進入樂園般的完備／善期」（the refinement and entrance into a terrestrial stage of paradise）三個階段[43]，由此可知，在空間移動中的各種歷練乃其成長與否的重要方式之一。

　　若由此理路觀察，我們不難發現花季系列的七篇幾乎都是在一個封閉陰暗且死寂的空間進行，由此象徵暗喻主角是陷在一個找不到出口的成長困境中，進而以現代主義的筆法十分細膩的勾勒出因困境而生的心情轉折與變化。〈花季〉中的蹺課高中女生隨著花匠尋找一株聖誕小樹，沿路是一片陽光無法透穿的綿密甘蔗園，兩旁盡是枯黃的葉與枯殘的紅棕色蔗桿，小路蜿蜒的最後目的地在一大片墓地中被仙人掌團團圍著的封閉園子，沿途因幻想花匠可能侵犯她身體而有的各種感受跌宕：厭惡、絕望、恐懼、無助，但卻又對可能發生什麼感到新奇、興奮與刺激，傳神地道出花樣年華的少女與外在陌生環境接觸時的複雜成長感受，自此篇就已奠定了此一系列的情感基調。如果因

---

42 小說中描述身為富商獨子的麥斯特，於熱愛戲劇與繼承家業的衝突下，在一次替父親收租的機緣下出走以尋找自我的理想。隨劇團走南闖北的漫遊經歷中，麥斯特於親情、愛情、理想與現實的矛盾衝突中不斷認識世界和自我；並從最初欲為德國創辦民族劇院的夢想，到後來的放棄藝術生活，終在「塔樓兄弟會」這個理想貴族團體中領悟生命真義。作者描寫麥斯特在分別體驗了劇團與塔樓兄弟會這兩個世界的閱歷後，於錯誤中不斷修正成長，最後終得與社會融合的成長結局。因此，當麥斯特結束他的學習時代，久別的威納與他重逢時就強烈感受到麥斯特的「本性更有修養，舉止更為雍容」的成長改變。歌德著，馮至等譯：《威廉‧麥斯特的學習時代》（*Wilhelm Mesister's Apprenticeship*）（臺北市：光復書局，1998年）。

43 Randolph P. Shaffner, T*he Apprenticeship Novel—A Study of the Bildungsroman as a Regulative Type in Western Literature with a Focus on Three Classic Representatives by Goethe, Maugham, and Mann*, pp.21-22.

空間移動的人事物撞擊是成長的絕佳途徑，那麼此系列中的每一篇都有一個囿限主角的暗色調空間，甚至布滿了死亡的意象和氛圍，據此烘托出無法破繭而出的成長困頓。如〈婚禮〉中浮著死了發脹大老鼠的殘破蓄水池、古老樓房中的陰暗廳堂與長廊、長滿青苔的古井；〈零點的回顧〉裡的送葬隊伍穿雜在迷園般小巷，永遠走不出重圍；〈混聲合唱〉有像棺木的練琴室及像靈堂般的合唱廳；〈海之旅〉中如困在動物胃裡的陰暗藍顏色調的車廂；〈長跑者〉昏暗的黑森林、坑穴、滲出紅色血水的枯井、島等，李昂都以一種昏暗不透光的色系層層疊疊出一個個禁閉的空間。

其中，最具代表性的封閉空間是〈長跑者〉中「我」在森林中不斷奔跑後被拘囚的那個多邊形的鹽屋：

> 裡面並不很寬敞，也是個多邊形的空間，卻比我想像的更為明亮，有陽光從各個平面交接處的細縫中透進來，穿插成一束光網，光線照在亮白的岩壁上，再反射回來，十分耀亮，直刺痛我的眼睛。
>
> ……在透光的細縫裡，我看不清外面，每天我面對的只是白芭芭的鹽，顆粒不大卻堅硬殘酷，它們貪婪的吸食我體內的水份，膨脹自己的軀體再縮小空間來壓縮我，每天我醒過來後，總覺它們是在一寸寸的迫近我，我能活動的空間越來越小，多邊形的各個角尖銳的碰觸我，割傷我，無論我以怎樣的姿勢，坐著、站著、躺著，它們都觸著我，插入我的皮膚，當血液流出後它們又溶入其中化成無數的小鑽來鑽我每個細胞，留下劇烈的疼痛。在這當中，我也曾想到逃跑，我用手去挖鹽粒，想挖出個缺口，可是它們似乎是無窮盡的，永遠也挖不通。（〈長跑者〉，頁 121-122）

在幾近動彈不得且愈來愈狹隘的封閉鹽屋中，「我」不斷受到鹽粒的
傷害與折磨，既無法逃脫，也找不到出口。即便「我」能免受鹽屋這
個小空間的拘囚，並且狠命的向前狂奔，也始終無法逃離昏暗森林的
重圍，這樣的空間困頓感所帶來的焦躁恐懼十分切合當時正面臨大學
聯考而遭困在鹿港的李昂的心境。顯然，少女李昂傳達出中學生受到
國家體制宰制的不自由，聯考制度對於身體形成的權力規範，將學
生集中於學校接受教育以謀求改造，宛如被監禁在囹圄的受刑者[44]。
雖然困厄如此險峻，彷彿成長永遠找不到出口，但急於擺脫家鄉空間
囿限的李昂仍在小說中埋下了努力朝未來邁進的伏筆，有別於美國小
說中諸如梅爾維爾（Herman Melville）《白鯨記》（Moby-Dick）裡的伊
希梅爾（Ishmael）、馬克‧吐溫（Mark Twain）《哈克貝利‧費恩歷險
記》（The adventures of Huckleberry Finn）（1884）裡的哈克、沙
林傑（J. D. Salinger）《麥田捕手》（The Catcher in the Rye）（1951）
裡的霍爾頓、傑克‧凱魯亞克（Jack Kerouac）《在路上》（On the
Road）（1957）裡的薩爾等這些「逃避型」的年輕人。這些夢想者或
是逃進森林，或是逃入大海，或是順江而下，他們要逃避的是伴隨文
明生活而來的家庭和社會責任[45]。雖然花季系列和這些知名的美國小
說同樣是描寫逃離，但作者賦與的動機卻大不相同，這可由李昂對
小說文字的安排可見。

　　花季系列的主角雖然都被困在陰暗色調的空間，但眼尖的讀者一

---

44 傅科指出，監獄是一座改造人的機構。當監獄進行監禁、再訓練和化剛為柔時，純
　粹是稍稍有點強化地模仿了在社會上已有的各種機制。監獄很像是一個紀律嚴明的
　兵營、一所嚴格的學校、一個陰暗的工廠。監獄與它們沒有實質上的差別。參傅科
　（Michel Foucault）著，劉北成、楊遠嬰譯：《規訓與懲罰──監獄的誕生》（臺北
　市：桂冠圖書公司，2007年），頁231-233。

45 Leslie A. Fiedler, *Love and Death in the American Nove*l, New York: Stein and Day, 1966,
　p.25-26.

定也注意到，作者幾乎都會給予太陽、陽光或星星點綴其間，如前述〈長跑者〉中的鹽屋，即便再怎麼密不透風，也會有陽光灑進來；再如〈花季〉：「陽光下，墓碑閃著奇特的白光刺痛著我的眼睛」（頁10）、〈婚禮〉：「來到一個天井，在這兒，依舊可以看到俯在屋角的半個太陽」（頁21）、〈海之旅〉：「車子彎入一片樹林，森冷而且陰暗……突來的陽光刺痛我的眼睛」（頁95）、〈長跑者〉：「我面對的總是昏暗……我要更清楚的看到灑滿點點微星的夜空。」（頁113）在這些句子中，李昂都使用了張力的拉扯呈現，與陽光或星星相對的都是陰／昏暗的封閉空間，如果後者代表對主角成長的阻礙，那麼前者就表示光明與希望，尤其北極星還具有指引方向的意象，正是對成長不放棄的隱喻。李昂在這些作品中描寫內心的掙扎矛盾後，仍戮力於尋找成長的出路，以期解決生命中的困境，是極具積極的成長追尋。換言之，她其實想要從這樣的成長困境中殺出一條活路來，在「花季系列」中，她確實不斷述及小說中的主角積極地思考該做些什麼，甚至想要找出成長的方向：

> 我缺乏一些東西，是我一直渴望的，我在尋找，可是我甚至不知道那是什麼，它十分的縹緲，不可捉摸，有時候我自覺已抓到一些，可是它馬上就渙散了。就像今天，我似乎在這長長的過程中抓到一些我渴望抓住的東西的確實性，但它又逃逸了，我還是不知道它是什麼。（〈婚禮〉，頁30）
>
> 我想要知道我的方向，並不是因為我不放心去參加一個我不熟識的人安排的旅行，而是海佔著那般隱蔽的秘密，我想要能儘快的確知它。（〈海之旅〉，頁92）
>
> 我必須知道我的方向，我的目的地，才能夠有獲勝的機會。否則，在他們捕獲我之前，我毫無目的長期奔跑將使我枯竭倒下

　　而完全失敗，我會毀了自己。（〈長跑者〉，頁 115）

　　無論是〈婚禮〉中身陷古老樓房中尋找菜姑的「我」、還是〈海之
旅〉那個不知道目的地在何方的旅行者、以及在森林裡拚命奔跑仍找
不到出口的〈長跑者〉，在這些小說中反覆書寫主角雖身處封閉的空
間，但仍不斷尋找方向的渴望與努力，但最後還是以方向仍未抵定的
成長困惑作結。畢竟李昂創作花季系列時還是個高中生，亦正經歷青
春期的成長歷程，自然有別於由成人創作出明確寫出轉捩點的成長小
說。由成人創作的傳統成長小說，大多能依著狄爾泰（Wilhelm
Dilthey）歸納出來的成長書寫範式：「年輕人在幸福的晨曦中踏入這
個世界，尋找相近的靈魂，遇到友誼及愛情，又陷入世上殘酷現實的
衝突中，透過不同的人生經驗而漸趨成熟，找到自己，並且在世上確
立了他的責任。」[46]這樣有明確成長結果的書寫模式，自然不是才十
六歲的李昂可以寫得出來的。相反地，李昂展現了另一種成長小說的
書寫模式，它既非正向的成長結果，亦非逃避的反成長，而是細膩的
描摹出青少年成長經歷中的矛盾與困境，一如置身在〈海之旅〉那輛
開在未知森林裡的巴士，沿路發生與各式陌生乘客的生命交會故事，
各種心理感受雜沓而至：疲倦、厭煩、恐懼、窒息、痛苦、不安、孤
寂等，這正是現代主義式的成長小說表現出來的書寫特色。

四　父權陰影下的悖反

　　除了封閉的空間是囿限青少年成長的重要因素外，與成人世界的

---

46 Randolph P. Shaffner, *The Apprenticeship Novel—A Study of the Bildungsroman as a Regulative Type in Western Literature with a Focus on Three Classic Representatives by Goethe, Maugham, and Mann*, pp.19-20.

律法和道德觀格格不入，甚至無法順利進入，也是造成成長困境的另
一個重要原因。曾獲諾貝爾文學獎的威廉・福克納（William Cuthbert
Faulkner）在演說中就提及，對成人世界制定的道德規範和行為準則
是接受還是排斥，是孩子成長中重大的內心衝突之一[47]。深受佛洛伊
德影響的李昂，首篇刊出的〈花季〉就逼真的描繪青少女對性的幻想
與恐懼。在「花季系列」中雖然還沒有露骨細膩的情慾書寫，但已可
窺見她對「性」此一議題的好奇與關注。由於六〇年代臺灣現代性的
發展，傳統的道德觀開始受到西方現代思潮的衝擊，女性婚前不發生
性行為的觀念也開始受到挑戰；再加上大量閱讀佛洛伊德的書籍，李
昂就直指「性」與建構自我主體性的關聯：「如果依照存在主義或佛
洛伊德的分析，『性』當然是找尋自我，探索人怎麼樣去超越自我、
建立自我的過程中一個很重要的點。這部分非常讓我著迷。我把
『性』當作一種內心的探索及自我架構的工具。[48]」由於佛洛伊德主
張的人格發展階段論即依性之發展而定，每一階段均為邁向成人的性
成熟期之進程[49]。在此一學說的影響下，且估量正值青春期的李昂應
當也對「性」充滿好奇；她就直言：佛洛伊德將性放在那麼重要的位
子裡，對她的成長過程確實有很大的影響[50]，自然也就在她的創作中
關注「性」的議題。〈花季〉細膩描摹女孩幻想花匠載她到園圃挑選

---

47 陶潔：〈成長之艱難──小議福克納的《墳墓的闖入者》〉，收入虞建華主編：《英美
　文學研究論叢》第一集（上海市：上海外語教育出版社，2000年），頁86-104。
48 邱貴芬：《（不）同國女人聒噪：訪談當代台灣女作家》，頁100。
49 按佛洛伊德的理論，人格發展的順序，依序分為五個時期：一、口腔期（0-1歲）；
　二、肛門期（1-3歲）；三、性器期（3-6歲）；四、潛伏期（7歲至青春期）；五、兩
　性期（青春期以後）。參舒爾滋（Duane Schultz；Sydney Ellen Schultz）著，陳正文
　等譯：《人格理論》（*Theories of Personality*）（新北市：揚智文化事業公司，2004
　年），頁71-79。
50 邱貴芬：《（不）同國女人聒噪：訪談當代台灣女作家》，頁100。

盆栽的郊區小徑中，將侵犯她身體的各種感受：

> 花匠平穩的調子並不能給我任何安全感，再加上四周荒涼的景
> 物，使我想起可能發生的一件事。他會停下車子，轉過裝滿詭
> 笑的臉，一把抓住我，帶我入那綿密的甘蔗園，他的被陽光晒
> 成棕色的，還含著泥的手會掀開我的衣服，撫著我潔細的身
> 子。一陣厭惡湧上，我轉動一下坐姿，彷彿這樣就可避
> 免。……我必須要做一些什麼，我向自己說，否則我將成為犧
> 牲品了。我還這麼年輕，屬於我的花季不該太早枯萎的。……
> 懷孕這個詞彙一下子閃過我的腦子，如果我亦這樣？到那個時
> 候，我該怎辦？像書中失身的女主角終日憂鬱，自殺？去墮
> 胎？（〈花季〉，頁 4-9）

李昂道出了一個高中女生透過性幻想，表達出身體遭侵犯時的厭惡、
恐懼與害怕的負面感受，並以為若失去處子之身，就宛如枯萎凋零的
花季。甚至幻想若因此懷孕，不僅會終日抑鬱寡歡；嚴重者還可能
必須走上自盡一途。究其因，由於婚前守節向來被視為女性成長最重
要的關鍵，保持貞節與否將影響女性的主體性建構，傳統的中西方
皆然：

> 在歷史發展過程中，在性方面，女性被賦予多種的道德束縛。
> 當一個女孩失去純真，特別是與失去處女身分時，將遭受到影
> 響深遠的責難，但這點在男性身上幾乎不會發生。同樣地，女
> 性追求主體性的認同也長期受到女性規範限制的阻隔[51]。

---

51 Barbara A. White, "Growing Up Female—Adolescent Girlhood in American Fiction" in

倘若女性不是處子之身將限制了她的成長，當主體性無法得到認同時，當然也就無法建構完成。〈混聲合唱〉述及女性在性方面所產生的困惑，小說敘述一個邪惡男孩的吻使女主角感到屈辱，並開始懷疑她一向所堅信的信仰。〈有曲線的娃娃〉和〈海之旅〉則描摹了與性相關的情節及奇異感受。前者反覆勾勒一個已婚女子與丈夫歡愉時，渴望丈夫能長出供她吸吮的乳房；後者描述「我」的同行者遭陌生人玩弄乳房與親吻而痛苦緊皺著臉的斷續呻吟。更具震撼的是，〈長跑者〉裡的「我」之所以不得不在幽暗的森林裡不斷奔跑，乃因被法官裁定「我」將「她」視為作愛的工具而被判刑：

> 我發誓我決不是蓄意，我只是受了感動而情不自禁，可是法官向觀眾宣布，我是有意毫不考慮到一切的去佔有她的。他並以一種非常動人的聲調為在法庭一角放映的影片解說，他說我全然漠視到她屬於女性的成分，只當她是個作愛的工具，還以性行為過程中我所謂「不在乎」的動作來支持他的論調。這一切都是十分無趣的，我只覺好笑，並不打算為自己辯護。在他們的法庭上，被告者的辯白是毫無用處的。（〈長跑者〉，頁 132）

這裡的「我」，李昂自陳是去性別的寫作，是廣泛地寫一個「我」[52]。姑且不論「我」的性別，但我們若將焦點關注在「我」因對「她」發生性行為就被判刑可知，此事對女性的「她」造成的影響非同小可，後果十分嚴重。貞操與女性成長的關係，在中國，自北宋理學家程頤提出「餓死事小，失節事大」的貞節觀後[53]，在明代真正發生影響

Gabriele Wittkeed, *Female Initiation in the American Novel*. Peter Lang, 1991, p.6.

52 邱貴芬：《(不) 同國女人聒噪：訪談當代台灣女作家》，頁97。

53 〔明〕程頤，〈遺書〉：「問：『孀婦於理似不可取，如何？』曰：『然。凡取，以配

力，自此後節婦、烈女的人數激增[54]，這些守貞者鎮日窩居在家，以守身為第一要任，無疑已完全失去了成長的機會。在西方，加布瑞爾・維特克（Gabriele Wittke）在她的論著《美國小說中的女性成長》（*Female Initiation in the American Novel*）中指出，最早刻畫女性成長經歷的作品是英國作家理查森的《帕美拉》（1740），這本小說描寫了婚前守節被看作是女性成長最重要的內容；女性的未來生活由她的婚姻決定，能否保持貞潔將影響她的婚姻，婚姻成為女性的經濟基礎[55]。由此可知，即使在十八世紀的西方，女性是否守貞乃其成長與否的重要指標，倘若婚前失節，就無法建構出女性的主體性。即便進入十九世紀亦然。薇拉・凱瑟（Sibert Cather）《百靈鳥之歌》（*The Song of the lark*, 1915）及伊迪絲・沃頓（Edith Wharton）《夏天》（*Summer*, 1917）的書中皆介紹了女性成長小說的新要素。凱瑟呈現「一幅一位年輕女性畫家的畫像」，而沃頓則寫了一本現代社會爭議性的誘姦婦女的小說。儘管他們對此問題有不同的處理方法，但二位作者都在強調女主角成長的衝突點：在性方面是否自制的矛盾[56]。這樣

身也。若取失節者以配身，是己失節也。』又問：『或有孤孀貧窮無託者，可再嫁否？』曰：『只是後世怕寒餓死，故有是說。然餓死事極小，失節事極大。』」見程頤：〈遺書〉，《二程全書》，卷二十二下（臺北市：中華書局，1965年），頁12。

54 下表為「東周到清初節婦、列女的數量變化表」，董家遵根據《古今圖書集成》一書中，〈閨媛典〉的「閨列傳」（第四十五卷至一百十四卷）及「閨節列傳」（一百十九卷至二百九十卷）編製而成。董家遵：〈歷代節婦烈女的統計〉，收入鮑家麟編：《中國婦女史論集》（臺北市：稻香出版社，1999年5月），頁112。

朝代	周	秦	漢	兩晉・南北朝	隋唐	五代	宋	元	明	清
節婦人數	6	1	22	29	32	2	152	359	27141	9482
烈女人數	7	19	35	29		5	122	28	383	8688	2841

55 芮渝萍：《美國成長小說研究》（北京市：中國社會科學出版社，2004年），頁46。

56 Barbara A. White, "Growing Up Female—Adolescent Girlhood in American Fiction"in

的觀念，在六〇年代民風保守的臺灣仍然普遍存在，更何況是傳統守舊的鹿港小鎮。因此，李昂在花季系列中所勾勒出女性對性的懼怕與恐懼，尤其萬一失貞時只能鎮日憂鬱，甚至自殺或墮胎，這正是對女性因此無法建構自我主體性的成長困惑。

除了對女性的性道德規範外，還有對成人世界律法／威權無法認同的疑惑。成人／父權世界，即是拉岡（Jacques Lacan）所謂的象徵秩序：「父親的名字」（Name-of-the-Father）或「父親的隱喻」（paternal metaphor）。此處的「父親」並不是現實生活中真實的父親，代表的是一種法則，是一種家庭和社會秩序[57]。拉岡將主體的建構分為「鏡像期」（mirror stage）和「象徵期」（symbolic order）兩個階段，他以為若未能成功地自前期跨入後一階段，自我主體性就無法建構完成。如〈長跑者〉中在森林中狂奔的「我」因長期遭拘求而久未照鏡子，仿若始終停留在鏡像階段的嬰幼兒：

> 我有些懷疑當我再能照鏡子時是否能認出自己，現在我對自己的影像已十分模糊，只存餘下大概的輪廓。有時候，我回憶以往，因想不出自己的面貌而使得以前的生活恍惚不真實起來，好似那不是我真正活過的，而是某個面貌不清的 X、Y。（〈長跑者〉，頁 124）

「我」在鏡中無法辨識自己，以為是他者，此乃停留在拉岡「鏡像期」的第一個階段：是一個誤識的自我，亦即「我」尚未完成自我主

Gabriele Wittkeed, *Female Initiation in the American Novel* .Peter Lang, 1991, p8.

57 王國芳、郭本禹：《拉岡》（新北市：生智文化事業公司，1997年），頁152-161。梁濃剛：《回歸佛洛伊德──拉岡的精神分析學》（臺北市：遠流出版社，1992年），頁139-142。

體性的建構[58]。只有當嬰孩從想像的「鏡像階段」過渡到象徵秩序的語言符號化的系統，主體性才會建立起來。在此文中的法則即是以法官為首的「他們」，正因為「他們是不高興被違背的，他們是至高無上的」（頁122），但「我」被判有罪，僅因觸犯了「他們」的一條律令，這樣的敘述反覆出現在花季系列中。意即「我」與「他們」成為兩個對立的世界，所以一旦「我」不願意進入「他們」的象徵秩序中，不管再怎麼狂奔長跑，永遠也找不到出口，自我也無法建構完成。若由「成長」小說英譯之一的「Initiation」一詞觀之，乃源自拉丁詞「Initiatio」，意思是「開始」、「入會」、「進入」[59]。就字詞釋義，成長就是孩童「進入」成人階段的宣告。若就定義來說，馬科斯（Mordecai Marcus）以為成長小說揭示出年輕主角經歷了某種對世界或自我認知的重大改變，這種改變必須引領他進入成人的世界[60]。再進一步綜合歸納批評家對「成長小說」的說法，他們通常認定成長小說必須具備四個共通的要素：脫離無知、成熟的人格、追求主體性的認同及個人開始步入成人的世界[61]。可見童蒙是否進入成人世界，乃是評判主體成長與否的重要因素之一；未能順利進入者，勢必深陷在成長困境中。

---

58 依照拉岡的心理分析理論，「鏡像階段」是主體建構過程的關鍵之一。嬰兒（六— 十八個月）於鏡中照見的「全形」事實上跟嬰兒本身不成熟的生理欠缺有所差距， 所以嬰兒和鏡中影像想像、建立「自我」（ego）是一個「誤識」的過程。攬鏡自照 時所見既是「異化」的形象，兒童自是在鏡中「誤認」自身。詳見杜聲鋒：《拉岡 結構主義精神分析學》（臺北市：遠流出版社，1989年），頁129-133。

59 芮渝萍：《美國成長小說研究》，頁45。

60 Mordecai Marcus, "What Is an Initiation Story?" in William Coyle ed, *The Young Man In American Literature: The Initiation Theme.* NY: The Odyssey Press, 1969, p.32.

61 Barbara A. White, "Growing Up Female—Adolescent Girlhood in American Fiction"in Gabriele Wittkeed, *Female Initiation in the American Novel* .Peter Lang, 1991, p.5.

　　法律／權威的規範透過現代主義的手法以各種象徵出現在花季系列中。〈花季〉裡代表維護學校秩序的教師；〈混聲合唱〉中是那首教會「高層」規定而不得不唱的聖詩；〈有曲線的娃娃〉那位代表父權的丈夫；〈海之旅〉擁有綑綁他人權力的「他們」；〈長跑者〉得以判人刑罰的法官，雖然以不同的符名（signifier），但都指向是成人世界秩序的符實（signified）。但小說中往往描述尚未進入成人世界者因不滿未遵守律法而遭拘囚或懲處，最後選擇逃跑的方式以揭示未成年者與成年世界的衝突。心理學家皮爾斯就分析道，我們生活在社會之中，而這個社會可能期望我們成為我們所不是的某種東西，所以衝突就產生了。社會，用它的代表型態（父母、教師等）可以阻止自我的自然的、自發的和充分的現實化，也就是可以阻止自我的「真正成長」[62]。當成人／權威者以其律法或規範主控了未成年者的成長方向，李昂巧妙地以一種隱喻的筆法道出不能自由成長的感受。〈婚禮〉中的「我」終於順利完成祖母交辦的任務：一籃裝滿素菜／料的籃子交給菜姑時，菜姑將「她的一雙肥腫的，顏色白得奇怪的手握住雞鴨細瘦脖子，奇異的像掌握了它們的生命。」（頁26）彷彿意指籃子裡的雞鴨猶如遭人掌握的生命；再如形容禱告磕頭的菜姑，聯想起「以前我有過的一個小玩意兒：一頭猴子，只要一拉動繫在牠尾上的繩子，就會上上下下的磕頭。」（頁28）玩偶猴受到操繩者控制擺動的方向，還有在〈混聲合唱〉中必須唱高層的指定曲，老是走調的音符是「飄盪，毫無意義」（頁65），這都是對成長無法自主的比喻。其中，又以〈海之旅〉的同行者「午后」遭人以刀尖抵著咽喉的描寫表達出被控制者最細膩的感受：

62　舒爾滋（Duane Schultz）著，李文湉譯：《成長心理學——健康人格模式》（*Grothpsycology*）（北京市：生活・讀書・新知三聯書店，1988年），頁268。

尖銳的刀尖微劃過，整齊的一長條刀口像項圈般的圍繞著午后
的脖子，並開始細細的沁出血水來。一顆頭顱趨上來，舔掉殷
紅的鮮血，從玻璃的顯影中，我看到深陷的近乎灰色的一對眼
睛。車子又再次的來到那間怪特的草屋，窗外的景物和玻璃上
的顯影重疊在一起，映出灰色的眼睛更加的冷酷和陰霾，午后
散亂的頭髮哀戚且無助。在車子完全通過草屋後，握著刀子漆
白的手揮動了幾下，午后的衣服片片的掉落下來，露出兩隻微
下垂吊著的乳房，漆白的手玩弄它們，搖盪它們像兩朵吊鐘
花，再狠命的撲上他的嘴。(〈海之旅〉，頁 106)

殷紅的血水、掉下的頭顱、灰色深陷的眼睛、哀戚無助的散亂頭髮、
漆白的手都是死亡意象的符碼。少女李昂似乎想表達的是：當成長受
到他人的主宰，豈不與死亡無異？活著與死了沒有太大差別。再接著
述及午后赤裸的身軀露出乳房時，仍遭他者把玩、掌控，始終逃不出
威權者的掌心。但成人總是習以為常且理所當然地以他們的價值標準
看待未成年者，如〈長跑者〉的「我」沉浸於游泳時與水合而為一的
感受時，威權者的代表法官就斬釘截鐵的以為「我」的奮力練習是為
了在游泳比賽中獲得第一；再者，當「我」因情愫萌動的幸福感而情
不自禁與「她」魚水交歡時，法官仍判定「我」是為了佔有與侵犯。
由此展開思考的是：成人世界所訂定的價值標準或秩序法則也並不全
然正確無誤。據此，少女李昂開始表達對成人秩序的質詰，對既有權
威的懷疑。〈有曲線的娃娃〉的「我」逐漸發覺象徵父權的丈夫也有
不合理的地方，尤其當他對「我」曾擁有的各式娃娃予以訕笑時，促
使「我」重新看待丈夫，使得「一向在她心中代表著完全正確合理的
丈夫逐漸崩散」(頁83)，開始厭煩於丈夫的權威，並決定將來依著
自己的方法做決定，深信只有自己才能給自己尋找到出路。〈混聲合

唱〉不斷質疑高層指定的合唱曲目，也就是女孩開始懷疑一向支配她的東西，對她習慣於接受的秩序進行必要的思索和追究，所以最後她說：「有一點我確知的是我必須考慮在以往練習合唱的這一段時間裡我該做些什麼。」（頁 68）向來慣於接受指令的「我」決定開始思考自己想做什麼，顯然是要奪回選擇權。雪弗南（Randolph P. Shaffner）以為成長小說的主角必須具備的特質即是必須具有選擇權，因為成長小說「呈現給讀者的是個人透過自己的選擇及個人的努力來獲得幸福，這種幸福是在他有生之年都不願做改變的。即使有強大的影響力會支配他的抉擇」[63]。因此，當「我」開始對成人威權與規範的反叛，且自己做選擇與決定時，此即是自我成長的開端。

　　雖然成人／威權的法則讓未成年者倍感成長困頓，甚至有研究者指出「絕大多數青少年屈從於看似模糊但卻又足以致人於死的成人世界。選擇自殺或逃避衝突，遠比堅持與強大的成熟勢力抗爭要容易得多。[64]」然難能可貴的是，少女李昂雖多描摹內心晦澀與負面的心情，但若細讀，則會發現她在小說的最後還是多給了象徵成長希望的結尾。〈零點的回顧〉中那個精神已頹死的「她」寫的劇本，仍「相信可以找到某種的幸福」（頁 53）；〈混聲合唱〉的「她」堅信會擁有一個夢想中的蠟娃娃；〈海之旅〉中不知目的地的旅行者，終在車子經歷一個大轉彎後終於看見海，被綑縛的手也獲得自由；〈長跑者〉中因觸犯律法而必須不斷奔跑的「我」，雖然疲憊不堪，但終於靠自己的能力逃出森林，也在這個過程中有所體悟：

63　Randolph P. Shaffner, T*he Apprenticeship Novel —A Study of the Bildungsroman as a Regulative Type in Western Literature with a Focus on Three Classic Representatives by Goethe, Maugham, andMann*: peterlang, 1984, p.16.

64　Maya Angelou, I Know Why the Caged Bird Sings, NY: Bantom Books, 1993, p.264.

我不再覺得他們是一種壓迫我的至高無上的力量；也不再以為
他們的判決是一個君臨我的惡夢。也許我是曾經作錯過一些什
麼，可是我知道在許多事情上，他們是扭曲了我，我有著許多
他們所不知道甚至無法了解的，因此，這一切都可以毫不在意
的。森林中長期奔跑透支一切的倦怠及一種說不出的喜悅周圍
著我。……我已從那一大遍林中逃出，我已這般疲倦，而更重
要的是我已不再需要奔跑，這已是一個結束，不管是好的壞的
正確的錯誤的，總是一個結束，而我很高興它終於到來了。
（〈長跑者〉，頁 142）

雖然價值判斷的標準不同，但「我」不再執著於成人世界的是／非、
善／惡的倫常規範，也就不會因此感到不解與困惑，甚至能享受成長
的過程，即便再怎麼艱辛，也不論結果如何，仍能在疲倦中保有喜悅
的感受。這正是狄爾泰（Wilhelm Dilthey）所謂「成長的模式是在生
活中領悟。每一階段有真正與生俱來的價值，並成為更高層次發展的
基礎。解決生命中的不一致和衝突是個人邁向成熟及和諧的必經過
程。[65]」對已經逃出森林的「我」來說，雖然仍然必須面臨相同規範
的成人世界，但在林中的種種經歷讓有所領悟的「我」得以對下一階
段的成長挑戰。

五　結論

自六〇年代末即深受現代主義思潮影響的李昂，不僅只有《花
季》為其現代主義風的作品，幾乎在她所有的創作中都呈現出現代主

---

65 Richard A Barney, *Plots of Enlightenment —Education and the Novel in Eighteen—Century England*, Stanford, California: Standord University Press, 1999, p.27.

義的技巧與精神。當評者一味從現代主義的視角品析《花季》，僅能得出少女李昂具有早慧的創作天分的結論，以及她呈現出現代主義作品一貫的怪誕、孤絕、頹廢的主題，勢必無法另闢蹊徑。本文就從現代主義中的存在主義和成長小說都在尋求生命意義的本質並深度描摹人內在的心理狀態，闡明李昂《花季》如何從現代主義藝術勾勒出青少年對成長追尋過程中的心境及主題。

其實，自第一本書《花季》始，李昂一直十分關注主體性建構如何可能的議題。《花季》是高中生李昂於六〇年代初出文壇的處女作，小說中的主角多去其性別，論述「我」面臨存在的掙扎與成長的問題。到了八〇年代，男尊女卑的性別位階開始受到檢視，《殺夫》、《暗夜》、《一封未寄的情書》意識到女性的自我主體性。進入解嚴的九〇年代，《迷園》、《北港香爐人人插》則在女性的論題上再加入國族與政治的認同。顯然，少女李昂自《花季》以成長論述展開自我主體的追求後，爾後隨著生命閱歷的增加，不斷成長的李昂的擴而為對性別主體及家國主體的關懷。據此，我們或可說，自成長小說的視角論析《花季》，其對主體性建構的關懷，也如同現代主義一樣貫串了李昂所有的創作中。

請（勿）入座
——李昂「情書系列」的符號遊戲[*]

一　前言：對號關係的鬆動

> 人類的語言、文字，在現代社會中，不斷受到日常的陳腔濫調、各種意識形態、不時宣傳的汙染，而至喪失它們的真義。
>
> ——李昂，〈一封未寄的情書〉（一九八四）

　　這段傳達出語言文字喪失真義的敘述，置於書信體〈一封未寄的情書〉的開頭，顯得啟人疑竇。然而讀畢李昂自陳此書具實驗性創作的意圖[1]，倒也不令人費解。這篇小說與〈曾經有過〉、〈假面〉、〈甜美生活〉合稱「情書系列」，完成於一九八四年。前一年，李昂甫以《殺夫》獲得聯合報中篇小說獎首獎，未料卻也因此招致前所未有的謾罵與最嚴重的人身攻擊。顯然，讀者以為作品完全反映作家的私領域，作者筆下的人物必是其個人真實特質的展現，遂將小說中那些性尺度逾越社會規範的女性和李昂劃上等號，以異樣的眼光批判，甚至以實際行動「寄來衛生棉、內褲」等達到羞辱作家的目的[2]。李昂在

---

[*] 本文已通過審查，將刊登於《文史臺灣學報》第11期（2017年6月）。

1　李昂：〈寫在「一封未寄的情書」前〉，《一封未寄的情書》（臺北市：洪範書店，1994年），頁四。本文徵引該書時，於文末直接括弧標明篇名及頁數，不另作註。

2　李昂：〈黑暗的李昂VS.光明的李昂〉，收入江寶釵、林鎮山主編：《不凋的花季：李昂國際學術研討會論文集》（臺北市：聯合文學出版社，2012年），頁18。

一九八四年的兩篇文章中均提及因創作遭汙名化的極度不舒服感受，可見她十分在意[3]，也據此誘發她重新思索創作的寫法：讀者之所以理直氣壯的羞辱作者，大抵是受到傳統閱讀思維的影響，總將小說主角的行徑等同於作者自我經驗的自傳式表露，顯然是讀者習於對號入座的閱讀慣性。

準此，她自覺地在情書系列中嘗試實驗不同的寫作技巧，是其遭人身攻擊後有意為之的書寫姿態。李昂在此系列的開篇以質疑語言文字的真實性起頭，目的在凸顯小說的虛構性，正是「後設小說」（metafiction）的核心精神。此外，此一情書系列展現虛構符號的方式，最鮮明的就是這四篇各自獨立情節的故事，都是一名叫 C.T. 的女主角寫給男主角 G.L. 的情書。據此引起我思索的是：由於書信所闡述的往往是內在真實的赤裸告白，較具私密的特質，作者為何將凸顯文字虛構意圖的小說裝載在抒發真實心境的書信體？為什麼四篇獨立故事的主角都以相同的英文縮寫為名？又，英文字母的各種組合中，李昂為何單單挑了 C.T. 和 G.L.？是作者刻意為之？抑是隨機組合？再者，書信往來通常是在有預設收信者的交換原則下書寫，但李昂此系列為未寄出的單音（monophonic）書信[4]，其實與書信必須具備的對話本質相衝突[5]，那麼當作者將書信採「單音」並設定為「未

3　詳參施淑端：〈新納蕤思解說——李昂的自剖與自省〉，《新書月刊》12期（1984年9月），頁22-28。李昂：〈我的創作觀〉，《文學界》第10期（1984年5月），頁33-36。

4　根據胡錦媛的研究，臺灣在八〇至九〇年代，共有十一本書信體小說，其中有八本屬於單音式的獨白書信，分別為：李昂《一封未寄的情書》（1984）、七等生《譚郎的書信》（1985）、楊青矗《覆李昂情書》（1987）、陳輝龍《不婚夫婦愛戀事情》（1990）、楊照《天堂書簡》（1994）、李黎《浮世書簡》（1994）、許台英《寄給恩平修女的六封書信》（1995）、李歐梵《范柳元懺情錄》（1998）。參胡錦媛：〈書寫自我——《譚郎的書信》中的書信形式〉，收入張小虹編：《性／別研究讀本》（臺北市：麥田出版公司，1998年），頁82-83。

5　胡錦媛指出，就書信本質而言，所有書信往來都是以交換為原則，每一封信都預設

寄出」的情況下，不讓預設的收件者回應是否別有用意？

　　有趣的是，遭羞辱的李昂有意識的以新的手法創作情書系列，本應是對讀者理所當然將「主角＝作者」對號入座的駁斥；書信本預設了一個收件／對話的對象，但在未將情書寄出的情況下表示不期待引起預設收信者的回信／回應。豈料將這些情書公開刊出後，反倒引起文壇八卦的猜測：小說中的收件者「G.L.」是否真有其人？還是純屬虛構？倘若為真，那麼，是誰？甚至引來更多人主動對號入座，不少人紛紛向李昂表明他們都是這封未寄情書的收信人[6]。其中，詩人林綠從名字的縮寫：「林 Lin、綠 Green」，據此幽默地說小說裡的 G.L. 便是他[7]；更有意思的是，由此觸動楊青矗分別以四個不同的角色，但又都名為 G.L. 的男主角回覆李昂〈一封未寄的情書〉的靈感，於兩年後陸續寫下四封情書[8]，而李昂相隔六年後再以〈一封未寄的情書〉為底本，再度寫下〈給 G.L. 的非洲書簡〉（1990），此篇可視為〈一封未寄的情書〉的續集。雖然這些情書曾引發文壇八卦的關切，但卻鮮少相關的研究論述。對李昂的情書系列或是簡要的書評，或是針對單篇小說（多是〈一封未寄的情書〉和〈假面〉）的賞析[9]，而對

　　了收信方所反映的話語。而單音書信違反了書信的交換原則。胡錦媛：〈對話與獨
　　語：《范柳原懺情錄》〉，《文化越界》1卷6期（2011年9月），頁43-44。

6　何聖芬記錄：〈真情實意——李昂與楊青矗對談〉，收入楊青矗：《覆李昂的情書》
　　（臺北市：敦理文庫，1987年），頁139。

7　李昂：〈給 G.L. 的非洲書簡〉，《禁色的暗夜：李昂情色小說集》（臺北市：皇冠出
　　版社，1999年），頁116。

8　楊青矗寫成的四篇小說，分別是：〈陳春宇覆C.T.情書〉、〈林夏宙覆C.T.情書〉、〈李
　　秋乾覆C.T.情書〉、〈許冬坤覆C.T.情書〉。但楊青矗以為書中幾位主角均心懷鄉土，
　　所作所為都是為了臺灣，所以同年（1987年）再版時改為《給台灣的情書》。參楊
　　青矗：〈故鄉的呼喚——自序〉，《給台灣的情書》（臺北市：敦理文庫，1987年），
　　頁6。簡言之，《覆李昂的情書》與《給台灣的情書》的內容完全相同。

9　黃秋芳與王德威就對《一封未寄的情書》的全書（含「輯一：一封未寄的情書」和
　　「輯二：寓言小說」）做簡要的書評。詳參王德威：〈移情！自戀！評李昂《一封未

楊青矗《覆李昂的情書》的討論較少[10]，仍多關注在他的勞工文學。有
鑑於此，本文正是將這六篇情書作為一個系列的研究範疇，在此，我
想探討的問題有三：首先，在「情書系列」中使用後設筆法，這在李
昂創作脈絡中的意義為何？僅是寫作技巧的創新而已？還是另有目的？
其次，本是女性獨白式的書信竟意外有了四封來自同一男性的回信，
但這些回信其實又是另一個作者一廂情願的獨白，亦即兩者間並無實
質往返的對話交集，準此，楊青矗的覆情書為李昂的「情書系列」帶
來什麼樣的效果或意義？這組 C.T. 與 G.L. 的不定符號指涉了什麼樣
的對話體系？最後，更進一步關注的是一九八四年的李昂、一九八六
年的楊青矗、一九九〇年的李昂，其書寫情書的方式是否有所差異？
如果有，企圖由這三波情書窺見後設小說在臺灣文學發展的脈絡。

二　請勿入座：一九八四年「情書系列」

既然李昂的情書系列係以質疑語言文字的真實性，凸顯小說的虛
構性為核心，那麼，探討此系列時首先遇到的質問是：這四篇情書是

寄的情書》〉，《聯合文學》第20期（1986年6月），頁212-213；黃秋芳：〈給不知名的
收信人：李昂的「一封未寄的情書」〉，《自由青年》697期（1987年9月），頁36-41。
另ravent常建婷則針對情書系列有簡要的析論，詳參常建婷：〈情書・情人——評李昂書信
體小說《一封未寄的情書》系列〉，《世界華文文學論壇》，2006年第4期（2006年4
月），頁49-52。單篇賞析的有三：金沙寒：〈小論李昂「假面」〉，《文訊》第18期
（1985年6月），頁99-102。唐文標：〈時代的追憶——〈一封未寄的情書〉評介〉，收
入唐文標主編：《1984臺灣小說選》（臺北市：前衛出版社，1985年），頁67-70。馬
瑩君：〈激情與真情——評李昂「假面」〉，《台灣日報》第九版，1994年2月16-18日。
10 目前所見僅彭瑞金：〈怨懟可以當歌？讀楊青矗「覆李昂的情書」〉，《文訊》29期
（1987年4月），頁268-272。另還有一篇是《覆李昂的情書》更名為《給台灣的情
書》，再版時，柏楊寫的序。詳參柏楊：〈人權被摧殘，使人悲涼——「給台灣的情
書」序〉，收入楊青矗：《給台灣的情書》，頁1-4。

否為後設小說？在討論這個問題之前，自然必須對後設小說作一簡要的說明，以探究其性質。「後設小說」崛起於西方六〇年代，在七〇年代定名[11]，主要是承襲現代主義抬頭以來對於強調文學反映或再現外在世界的寫實主義傳統的典律鬆動[12]，可說是對寫實主義第二波的反思。這兩次反對寫實主義的主張同樣致力於寫作技巧的創新實驗，但不同於現代主義側重於勾勒內心生活與心理的真實；後設小說的目的在凸顯小說乃純屬虛構，是彰顯後現代主義理念最具代表性的文學形式。走寫實路線的作家，深信語言符號能窮盡事物真相，足以全盤掌握世界的現實與人生真理。然西方在歷經五、六〇年代時代思潮的轉變，「自一九五〇年代，就頻傳『小說已宣告死亡』（如西班牙哲人奧梯嘉）的說法」[13]，傳統的價值觀遭逢強烈否定性思維力量的衝擊，在對語言文字精確性的懷疑及自省本質的哲學底蘊下，挑戰並顛覆「文學反映／再現真實人生」的寫實主義傳統，在敘事手法上更弦易轍、釋放想像。既然人們對外在世界的認知，乃經由語言此一媒介傳

---

11 「後設小說」（metafiction）一詞係由美國文論家威廉・加斯（William Gass）定名。定名前有：「內向小說」（introverted novel）、「反小說」（anti-novel）、「非現實主義」（irrealism）、「超小說」（surfiction）、「自我衍生小說」（self begetting novel）、「寓言式小說」（fabulation）等。參帕特里莎・渥厄（Patricia Waugh）著，錢競、劉雁濱譯：《後設小說——自我意識小說的理論與實踐》（*Metafiction：the theory and practice of self-conscious fiction*）（臺北市：駱駝出版社，1995年），頁16。

12 後設小說是對寫實主義反思後的創作筆法，在眾多探析後設小說的文章均可見。如馬森就指出「『後設小說』的寫作方法，就是先構築傳統寫實的『幻覺』（illusion），然後再以不同的方式點明『幻覺』之為『幻覺』，也等於是把作者製造『幻覺』的過程和手段暴露於讀者的面前。……因為『後設小說』一反『寫實主義』視小說為外在真實之再現，故我稱其為對寫實主義的大反動。」參馬森：〈現當代小說的主要潮流〉，《燦爛的星空：現當代小說的主潮》（臺北市：聯合文學出版社，1997年），頁24-25。

13 蔡源煌：〈後設小說的啟示〉，《從浪漫主義到後現代主義：文學術語新詮》（臺北市：書林出版社，2009年），頁159。

達，因此後設小說在破除「語言拜物教」——否認語言文字能夠將真
實真相原封不動地搬到紙上，通過「後設語言」（metalanguage）在作
品中對情節、角色以及進行方式作一評斷，自覺（meta）地凸顯小說
（Fiction）的虛構本質，進一步質疑虛構與真實之間的關係；並力邀
讀者積極參與，涉入小說中的虛構世界，旨在讓讀者明白小說是一種
文字幻覺，以便打破寫實主義的反映論[14]。作者在作品中大玩語言文
字遊戲的結果，目的讓讀者在不斷被干擾的小說情節中不會入戲太
深，同時在「作家介入」下達到反省思辨的哲理目的，以揭示後現代
思維中沒有一個永恆不變的絕對真理，亦即對真理抱持懷疑與否定的
態度。

　　若觀察臺灣後設小說的出現及發展，確實是在七〇年代鄉土寫實
文學流行之後。尤其是在一九七七年的鄉土文學論戰後臺灣湧現一股
抵擋不住的鄉土文學熱潮[15]，進入八〇年代，臺灣文壇遂對寫實主義
的鄉土思潮進行另一波反思，因為寫實主義的創作重點在於內容是否
反映現實，較忽略敘述藝術的經營，導致作品太「公式化」而「大同
小異」[16]，進入八〇年代後遂對於七〇年代以寫實為主流的鄉土文學

---

14 參張惠娟：〈台灣後設小說試論〉，收入鄭明娳主編：《當代台灣評論大系・小說批
　　評》（臺北市：正中書局，1993年），頁202-223；蔡源煌：〈後設小說的啟示〉，頁
　　154-161。

15 以文學獎為例，兩大報幾乎由鄉土小說囊括。一九七七年《聯合報》第二屆小說
　　獎：楊福〈牛〉、吳念真〈看戲去囉〉、洪醒夫〈黑面慶仔〉；一九七八年第三屆得
　　獎作品為張子樟〈老榕〉、洪醒夫〈散戲〉、履彊〈榕〉、吳念真〈白雞記〉；一九七
　　九年第四屆得獎小說有廖蕾夫〈竹仔花開〉。至於《中國時報》一九七八年第一屆
　　得獎作品：詹明儒〈進香〉、洪醒夫〈吾土〉、宋澤萊〈打牛湳村〉。

16 宋澤萊就自陳「一時還沒有辦法去確定『打牛湳村』是否會被接受時，我對寫實文
　　學已倦了。也許如果我是一個創作力不夠的人，我一定會堅持在這種農村小說下功
　　夫，寫下一篇又一篇大同小異的小說」，參宋澤萊：〈從《打牛湳村》到《蓬萊誌
　　異》——追懷那段美麗、淒清的歲月（1975-1980）〉，《打牛湳村系列》（臺北市：草
　　根出版事業公司，2000年），頁13。王文興在〈鄉土文學的功與過〉中提出鄉土文

普遍開始感到膩煩，轉而尋求新穎的寫作方式。根據相關研究都指向
臺灣第一篇後設小說是當時臺大學生伍軒宏的〈前言〉，一九八三年
刊於《中外文學》。但直至黃凡於一九八五年發表〈如何測量水溝的
寬度〉後才蔚為風尚，〈水溝〉一文大玩真實與虛構的關係而引發文
壇的高度關注與廣泛討論[17]。爾後張大春、平路、汪宏倫、林燿德等
人爭相涉足[18]；可謂黃凡在臺灣從鄉土文學轉變到後現代敘述的過程
中扮演了關鍵性的角色[19]。黃清順就將臺灣後設小說的發展分為三個
階段：一、前期（1983-1986）的引介、嘗鮮與接續發展；二、中期
（1987-1996）的流行與多元觸角的呈現；三、後期（1997-2002）的
沒落、轉向與變革之作[20]。由上述分期可知，李昂創作於一九八四年
的情書系列仍屬於實驗嘗試的早期階段。

　　對後設小說在西方與臺灣的發展脈絡有一個概略性的理解後，對
於李昂這四篇早於黃凡〈如何測量水溝的寬度〉之前的情書系列，確

學的缺點之一是「公式化」，他以為公式化可以說是文學的頭號敵人，文學和公式
化絕對是誓不兩立。收入尉天驄主編：《鄉土文學討論集》（臺北市：遠景出版社，
1978年），頁525-526。蔡源煌說：「鄉土文學作品除了王禎和之外，其他的作家好像
很簡單的把一個故事講完，不太考究敘述的藝術。」參林紫慧記錄：〈八○年代台灣
小說的發展——蔡源煌與張大春對談〉，《國文天地》第41期（1988年10月），頁33。
17 瘂弦指出黃凡〈如何測量水溝的寬度〉是「國內少見的後設小說，『和讀者建構出
和他一齊創作的關係』」，並在「會評」集結眾人對此篇小說的看法，有蔡源煌、司
法中原、余玉照、季紅、邱永春、李蒼、張大春。參瘂弦主編：《如何測量水溝的
寬度》（臺北市：聯合文學出版社，1987年），頁21-27。
18 目前可見相關研究，由張惠娟〈台灣後設小說試論〉（1993）首提及，爾後再見於
周芬伶〈後設小說〉（1997），收入簡思定等編：《現代文學》（臺北市：空中大學，
1997年），頁357-364。黃清順：《後設小說的理論建構與在臺發展——以1983-2002
年作為觀察主軸》（高雄市：麗文文化事業公司，2011年）。
19 參呂正惠：〈反鄉土小說現實主義傳統的「後設」敘事理論〉，收入黃凡：《黃凡後
現代小說選》（臺北市：聯合文學出版社，2005年），頁5-8。
20 黃清順：《後設小說的理論建構與在臺發展——以1983-2002年作為觀察主軸》，頁
209-214。

實有必要更具體探問其後設思考的性質與目的，此問題要從兩個面向
解析。首先，以四個單篇分別來看，僅有〈一封未寄的情書〉和〈假
面〉具有後設技巧。前者採用「括弧按語」的方式讓作家主觀介入，
雖然黃清順以為該篇小說裡「括弧按語」的呈現情形較為板滯，實不
具「後設」話語的風格[21]，但正文中的「我」叨叨絮絮地訴說純情愛
戀，括弧內穿插嚴肅的格言議論，一篇短篇小說共置入十處括弧按
語，形成後設小說所欲呈現的斷裂感、自我對話與自我消解感十分鮮
明，因之仍應以後設風格視之。由於傳統小說具完整故事架構的敘述
成規，也將文學創作與批評議論必然的截然二分，當李昂自我指涉的
打破故事結構，並將創作與議論並置，此舉也確實讓習於閱讀傳統小
說結構的評者對於作家不時介入說話的敘事風格感到不耐，以為此法
「生硬矛盾」或「因義害文」[22]，是一敗筆。然施淑就李昂使用括號
的寫作策略指出其用意：

> 藉著語言的虛構能力，李昂在故事人物第一人稱私密性獨白的
> 基礎上，不斷插入不同層次、不同性質、不同語勢的格言議
> 論，極盡能事地干擾、嘲弄、解消小說意義的進行和發展[23]。

---

21 黃清順以為李昂自一九九七年《北港香爐人人插》的「括弧按語」的「後設」意
  味，才開始明顯。黃清順：《後設小說的理論建構與在臺發展──以1983-2002年作
  為觀察主軸》，頁5。
22 黃毓秀〈李昂與女性之謎〉：「〈一封未寄的情書〉裡以括弧形式插入的那些傳達女
  性主義觀點的語句，無論怎麼看都顯得生硬、跟正文欠缺關聯。」《中國時報》第
  34版，1994年1月1日。另，常建婷則以為「若沒有作品的段落間加上的以括號表示
  的與正文有別的女性主義評論，這封情書的結構似乎會更加緊湊，讀來會更加順
  暢、渾然一體。……這樣做只能是『因義害文』，破壞了文本內在的結構。」常建
  婷：〈情書・情人──評李昂書信體小說《一封未寄的情書》系列〉，《世界華文文
  學論壇》，頁50。
23 施淑：〈迷園內外〉，收入李昂：《李昂集》（臺北市：前衛出版社，1992年），頁11。

在此論點提出的基礎上，王德威進一步詮釋：「那些不時出沒在正文
敘述的括弧與跳出的另一個視框，形成一股最不容忽視的雜音，一方
面干擾小說的情節發展，質詰、嘲弄文本的言情合理性[24]。」李昂首
次在小說中使用括號按語就是〈一封未寄的情書〉，爾後在《迷園》、
《北港香爐人人插》、《花間迷情》、《鴛鴦春膳》均大量運用，成為李
昂頗具特色的書寫風格之一。括號的插入打破了小說為單一視角的完
整架構的寫實傳統，當作家聲音介入後，小說中不斷出現在括弧裡各
種議論的聲音不僅干擾了故事的順暢閱讀，更進一步具有對話與省思
的效果。小說正文述及 C.T. 因丈夫外遇深感茫然的心境，文後隨即
出現的括弧按語為女性自覺的議論文字，顯然括弧按語在干擾、消解
小說單線意義的進行發展中展開對話：

> 曾幾何時，我善良、上進的丈夫無視婚外關係的責任，是緣由
> 他的個性、他的工作環境、還是整個社會風氣使然？只短短幾
> 年，難道所有的一切俱有了如此巨大的改變？我感到十分茫然
> 了起來。
> （一般而言，女性的自覺對婦女是否邁向解放之道有必然的關
> 聯，只有當婦女能提出質疑，不再斷然的相信女人的命運完全
> 被生理的、心理的、經濟的情況決定，只有當婦女對傳統宗
> 教、哲學，甚且神話中所塑造的「永恆的女性」、「真正的女性
> 化」懷疑，並探求這類說法的基礎根源，婦女才算走出了第一
> 步。）（〈一封未寄的情書〉，頁 31）

---

24 王德威：〈性、醜聞，與美學政治──李昂的情欲小說〉，收入李昂：《北港香爐人
　人插──戴貞操帶的魔鬼系列》（臺北市：麥田出版公司，1997年），頁20。

此處的對話可分為兩個層次，第一層是正文中女性自我質問而展開的
對話。當 C.T. 發現丈夫有外遇時，透過內心的獨白與心理描寫，反
思究竟是什麼原因造成。就在「個性？」「工作環境？」「社會風
氣？」的三個問號中達到了自我對話的效果，原視婚姻是情愛永恆、
唯一歸宿的 C.T. 因此對愛情婚姻觀的幻滅：「我認定最深刻的愛情，
竟然只是欺騙。我再度感到我的世界分崩離析」（頁 29），女主角由
此展開自我發現的過程，正是作者自覺意識的實現過程，同時也促使
讀者思考此一問題。第二層則是透過括號以議論的方式，猶如作者對
女主角如何面對男性外遇問題的回應。若將正文視為主角面對丈夫外
遇的心聲，那麼括號裡的評論性文字就可看作是作家介入後與主角展
開兩個視框的對話，效果更形強烈。C.T. 雖自覺省思丈夫外遇的原
因，但仍感迷惘困惑，此時作者就跳出來提出看法，顯然作者的這段
論述具有女性主義的思維，和對秉持世俗倫常觀的 C.T. 產生的辯論
與抗衡。這裡的對話無疑是作者質疑傳統女性因生理性別（sex）而
被世俗既定的女性特質（gender），由此提出女性自覺的重要性。雖
然括弧中的文字並不具明顯的顛覆性，僅是一種議論聲音的對話呈
現，但括弧按語的不斷出現確實干擾了小說的順暢與單一的敘事邏輯
進行，此確實為後設小說的重要特質。

〈假面〉向來被視為這一情書系列中藝術成就最高，此篇模仿
「戲中戲」的方式[25]，採取「信中信」的筆法：當 C.T. 在信中娓娓訴

---

25 「戲中戲」的劇本呈現，首見於一九二一年路伊吉・皮藍婁（Luigi Pirandello）最
富盛行的劇本《六個尋找作者的角色》（*Sei personaggi in cerca d'autore*）：劇中人正
在討論戲劇構思時，有六個突如其來的角色要求導演另演他們的戲劇。參陳映真主
編、皮藍德婁（Luigi Pirandello）著，陳惠華譯：《諾貝爾文學獎全集21・六個尋找
作者的角色》（臺北市：遠景出版社，1981年），頁3-77。此劇的表現形式與內涵對
後設小說有深刻的啟發性。詳參黃清順：《後設小說的理論建構與在臺發展——以
1983-2002年作為觀察主軸》，頁166-175。

說與丈夫好友發生婚外情的始末及掙扎在忠貞婚姻與渴望情慾兩者間的心情，書信間又穿插女讀者寄給女作家的二封懺情信，信中對自己曾與多位男性發生性關係而懺悔，期許第二春能幸福，形成「故事中有故事」的結構。作者以「框架」的方式將小說分為二部分[26]：主框為 C.T. 對 G.L. 的深情告白，副框是關於女作家的寫作與讀者的投書，兩者的關聯僅在 C.T. 與女作家都擁有一隻「用紅色油漆沾點上兩顆紅色眼睛，像兩滴滴在石上血淚的彩石花豹」（頁 57、68、84），由於這隻彩色石豹相當罕見，甚至在「世上沒有一隻真正的花豹可能有這許多顏色」（頁 84）的認知下，作者給出了這隻彩石花豹幾乎是獨一無二的訊息，也由此讓讀者循線掌握擁有彩石花豹的 C.T. 與小說中的女作家是為同一人的角色配置。但若細讀作者在他處暴露的資訊：「年輕的女作家坐在書桌前」（頁 56），自又是不同於已婚育有一子且「年過三十五」（頁 50）的中年女子 C.T.，由此又露出女作家並非是女主角的破綻。其實，兩人究竟是否為同一人並不影響閱讀的脈絡，差別僅在讀者對於兩個角色的特質想像；而李昂留下了 C.T. 與小說中的女作家是否為同一個人的懸案，不外乎是希望讀者切勿對小說人物對號入座的表現方法，也是對文本角色是為真實或虛構的再次辯證。

　　再者，信中信的另一個關聯處在於 C.T. 和女讀者都有相同的故事：婚姻出軌。將這兩個故事並置在一起閱讀後反讓讀者有省思的空間。分別節錄兩封信的起始與文末參照：

---

26 「框架」運用的技巧有二：「置框」（framing）與「破框」（frame-break）。置框與破框交替，也就是借框架模糊以建立幻覺及持續暴露框架以破壞幻覺，是作品區分「現實」和「虛構」的技巧之一，打破內／外、虛構／現實的藩籬，提供了後設小說主要的解構方法。參張惠娟：〈台灣後設小說試論〉，頁220-221。

G.L.：

給你寫這封信，並非以一個所謂不貞的妻子，而只是一個女人來寫這封信。（〈一封未寄的情書〉，頁 47）

G.L.，如果我告訴你，是直到給你寫信的此刻，在克服了過往因丈夫引發的羞辱感覺，我才第一次真正明白，我的確在最世俗的定義下對不起我的丈夫，G.L.，你會相信嗎？

一個不貞的妻子　C.T.（〈一封未寄的情書〉，頁 89）

XXX 女作家：

以下就是我的懺悔記。

我生在一個宗教氣息相當濃厚的家庭，我總還記得聖經上說：你們要進窄門。因為引到滅亡，那門是寬的，路是大的，進去的人也多。引到永生那門是窄的，路是小的，找著的人也少！過去十多年我犯了十誡中不可饒恕的一條「不可姦淫」。（〈一封未寄的情書〉，頁 69-70）

所幸我找到一個愛我、我也愛他的男人，我們即將結婚，我希望我的第二春幸福。如今我以懺悔的心情回到上帝身邊，決心清白自制。不再為情慾所惑。感謝主，我相信上帝已聽到我的禱告，請祂能寬恕我從此過著潔淨的生活，直到永遠。

讀者　XX 草（〈一封未寄的情書〉，頁 72）

將女讀者的信安插在 C.T. 所寫的主信件之間，目的正是要讓兩封信產生對話的效果。C.T. 和女讀者都和丈夫以外的男性發生性關係，從 C.T. 署名「一個不貞的妻子」和女讀者決心「自制」、「不再為情慾所惑」、「從此過著潔淨的生活」，這兩個故事似乎都是對婚姻不忠的女性的懺情信，然若分從獨白與對話的兩個不同角度，卻會得到截

然不同的詮釋。僅單看女讀者的獨白，她引用了《聖經》十誡中「不可姦淫」一條，引語在此起了評價、解釋與強調的作用。此種在獨白中的引語，巴赫汀（M. M. Bakhtin）指出屬於「線性」形式，也就是在直接引語方式的線性引述下，語錄神聖不可侵犯，具有不可置疑的權威性[27]。那麼，女讀者的這封獨白信確實是對自己前一段不夠忠貞婚姻的懺悔，對傳統世俗禮教的維護。但若將兩封信並置後展開對話，則產生截然不同的思維：引語就由「線性」轉為「圖性」形式，亦即引語不再是唯一的權威與真實，而是向引用者話語滲透、控制、掌握以致消解了引用者話語的意義[28]。C.T. 在信的開頭就鄭重表態是以「一個女人」而非「不貞妻子」的身分發言，兩者的差別在於前者是將女性視為主體，側重個人情慾的歡愉與滿足；後者是丈夫的客體，需恪守夫妻間的貞操戒律。信中 C.T. 自剖從外遇對象 G.L. 的身上獲得婚後從沒有過的性愛激情與幸福，若從「一個女人」的角度來看，追求情慾自主的 C.T. 可以理直氣壯，但從妻子的身分予以審視則犯了姦淫的罪律，所以 C.T. 最後說是在「最世俗的定義下」對不起丈夫。由此與女讀者信中所引《聖經》十誡展開對話，引發讀者思索的是，在丈夫無法滿足妻子，且在女性情慾的實質需求下，「不可姦淫」果真是一條聖律嗎？女讀者現身後產生的敘事角度，顯然不同於女主角 C.T.，由此可將女讀者視為另一種形式的作家介入，也就在主角和作者迥異思維的對話中讓讀者達到自覺省思的目的，這正是後設小說作為一種飽含自我反思的哲學底蘊的文類的呈現，以透顯真理的相對性與多樣性。簡言之，這些技巧的使用都在讓作者介入文本發

---

27 劉康：《對話的喧聲──巴赫汀文化理論述評》（臺北市：麥田出版公司，1995年），頁169-174。

28 語言中的「線性」引語形式逐漸被「圖性」形式取代，乃因經歷了歐洲十八、十九世紀的啟蒙運動、浪漫主義運動。同前註。

聲，甚至產生對話，目的皆是作者自覺的破壞敘事情境的流暢度，凸顯小說虛構的本質。從這些寫作特質看來，〈一封未寄的情書〉和〈假面〉當是後設小說無疑。

第二種讀法，則是將四篇視為一組系列，因為每一封書信的男主角都叫 G.L.，女主角都是 C.T.。查閱《常見英文縮寫字手冊》，C.T. 為「cerebral thrombosis（腦栓塞）、Computerized tomography（電腦斷層攝影）、Connecticut（康內狄卡州）」的三個縮寫；G.L. 有「good luck（好運）、General Ledger（總分類帳）」的兩個縮寫[29]。若更進一步在「英文略縮詞」的網站中查詢，令人驚訝的是，C.T. 與 G.L. 的縮詞分別有一百八十四種與六十八種之多[30]。進入後現代後，顛覆了索緒爾（Ferdinand de Saussure）符號學中以為「能指」（signifier）和「所指」（signified）為約定俗成的聯繫關係，德希達（Jacques Derrida）提出寫作是「能指」的流動，但沒有心靈所意向的「所指」與之相對應，符號的意義並不端賴作者揭示。易言之，意義只存在於能指流動所創造的文本中[31]。而造成「能指」不斷滋衍、散播，最後是意義的歧異和斷裂。「能指」與「所指」間約定俗成的意義一旦鬆綁之後，文字的空間就完全開放；即使是使用同樣的語句，卻能夠填充歧異多變的內容。顯然 G.L. 與 C.T. 在此文本中就是一組符號，為作者意欲凸顯小說中的人物虛構而隨機的字母組合；也就在都是以 G.L. 與 C.T. 之名，此情書系列極具符號遊戲的後設性。李昂藉由符號「C.T.」、「G.L.」表示創作不需真有其人，由此揭示小說虛構的

---

29 薛文郎編：《常見英文縮寫字手冊》（高雄市：高屏圖書出版社，2007年），頁160、221。

30 參「英文略縮詞查詢」（來源：http:／／www.abbreviationfinder.org／tw／，2017年3月24日瀏覽）

31 趙敦華：《現代西方哲學新編》（北京市：北京大學出版社，2001年），頁269-272。

本質，以批判主角再現真實人物的想法，進而達到鬆動讀者對號入座慣性的目的。尤其這四篇作品中的 C.T. 與 G.L. 各有不同的身分背景和情感問題：或未婚、或正準備進入婚姻、或已婚[32]，符合了後設小說的「不定原則」（uncertainty principle）[33]。「不定」意味著沒有單一的作者權威解讀，正因為符號的不確定而讓讀者有「亂入」的可能。「亂入」挪用自日文「乱入（らんにゅう）」，依據「日本国語大辞典」的「乱入」詞條，原意指「無正當理由進入（正当な理由もなくはいること）」，亦即闖入、擅入、入侵之意。後來在動漫等次文化界，引申為原本在脈絡外、狀況外的事物忽然介入，產生突兀的鬧劇效果、或意料之外的發展，例如作品中忽然冒出了另一部作品的角色、道具、場景。當小說因符號的不確定性與虛構性成為得以讓讀者亂入的對話體系，同樣的一篇小說就會得出多種闡釋的可能，當來自各種不同意識形態（包括經濟、性別、國族等）的讀者「亂入」解讀後，每個人皆根據各自的前見展開詮釋想像，主動參與小說寓涵的建構過程的結果，致使語言文字並不只有唯一解釋的一種真實。

　　然而，令人困惑的是，作者既然意在凸顯虛構，為什麼又要採用極具內心真實自白特質的獨白式書信體？關於華文世界書信體文學的發展及特質，陳平原溯源指出開始大量採用書信體獨白，首見於中國五四作家。由於五四強調個性主義思潮和民主自由意識的萌現，「這種幾乎沒有故事情節，全憑個人心理分析來透視社會、歷史、人生的『獨白』，對於急於宣洩情感、表達人生體驗及社會理想的年輕一

---

32 參附錄一。

33 周芬伶歸納出「後設小說」的五個特質：1.自我指涉；2.不定原則（uncertainty principle）或未完特質；3.諧擬（Parody）；4.遊戲或娛樂；5.凸顯讀者的角色。詳參周芬伶：〈後設小說〉，頁357-364。

代，無疑是最合適的。[34]」此種「獨白」除了是顛覆以情節為中心的
傳統小說的結構外，同時也借由書信體小說抒寫自己的感情，更能凸
顯作者的個性，獨白式的書信具濃厚抒情色彩的特質無疑更貼近日
記：雖有預設收件人但卻不需期待對方的反應話語，更能赤裸表達內
在的真實聲音[35]。而李昂在此顯然是採後設小說中諧擬文體的方式以
達到批判反思的目的。文評家摩森（Gary Saul Morson）指出諧擬文
體的特色有三：一、必須有另一聲音作為「目標文類」；二、目標文
類和諧擬版本之間必須處於敵對狀態；三、諧擬版本須較原始版本享
有更大的權威，更令人折服[36]。李昂情書系列的目標文類為書信體，
她在以述說內心真實的獨白書信體小說中，企圖藉由符號遊戲、後設
技巧質疑敘述話語及顛覆獨白書信體的真實性，形成真實與虛構的敵
對狀態。讀者會因此懷疑私密的真實性，進一步質疑書信形式的真
實，也由此達到作者欲傳達小說是虛構的目的。亦即李昂以後設筆法
逆轉和破壞為人熟悉的書信體傳統來達到批判的目的，諧擬文體造成
真實與虛構更大的張力拉扯。再者，因為情書未寄出，自然沒有預設
一個固定的收信者覆信；但不寄出又將此封情書以公開發表的方式公
諸於世，情書的對象由一變多，亦即在沒有預設固定收信者的情況下
反倒獲得許多自認為是信中 G.L. 的回應，這不僅是另一種小說是虛
構的現象呈現，也再度揶揄了書信體此一文類的傳統寫法及讀法。

　　當情書系列結合「後設」和「書信」的文體特質，產生了真實與
虛構再次辯證的效果，在諧擬書信體中加入後設技巧，讓讀者充分感
受到小說主角、內容都是虛構，但向來問題意識強烈的李昂，尤其自
美返國後特別關注女性議題[37]。雖然在情書系列中實驗了後設技巧，

---

34 陳平原：《中國小說敘事模式的轉變》（臺北市：張英華發行，1990年），頁127。

35 同前註，頁207-215。

36 引自張惠娟：〈台灣後設小說試論〉，頁216。

37 自一九七八年自美取得戲劇碩士學位返國後，李昂關注焦點在女性議題上。除了創

但小說的主線仍希望透過書信體的「真實」特質，傳達她企圖反映社會現實的創作目的：「在這一系列情書方式寫成的小說裏，我仍希望至少探討到一些問題」（頁二），亦即透過書信的私密特質推向內在的赤裸告白，以達到更尖銳的與社會對話的意圖。雖然這四篇作品中的 C.T. 與 G.L. 各有不同的身分背景和情感問題，但相同的是，這四篇情書中的 C.T. 與 G.L. 均形塑出八〇年代進入資本主義社會後，臺灣新興中產階級男女的兩種典型指稱，以及因此階級而萌生的社會現象與問題，郝譽翔就將〈一封未寄的情書〉視作李昂書寫女性情欲與臺灣政治社會運動糾葛的小小開端[38]。整體觀之，情書系列反映出經濟起飛的八〇年代誕生了中產階級，一方面為了追求更精緻優渥的物質生活，往往鎮日忙碌工作：「汲汲營營，為的是存下能存的錢，買房子、車子，再換更大的房子、車子。」（頁 54）另一方面傳統「男主外、女主內」價值觀的崩解，女性因教育普及而進入職場，小說中的 C.T. 可以是高中老師、作家、外商公司的 OL，沒有一個是全職的家庭主婦，「核心家庭」取代傳統的「主幹家庭」和「共同家庭」成為趨勢[39]，臺灣的社會結構出現顯著變化的現象。再就單篇作品來看，〈假面〉和〈一封未寄的情書〉分別是 C.T. 和 C.T. 的丈夫出軌反

作以女性愛情婚姻為主的小說外，也在報紙主持「女性的意見」專欄（1981），後收入李昂：《女性的意見》（臺北市：時報文化，1985年）還集結各類專家的意見寫成社會調查的《外遇》（臺北市：時報文化，1985年）一書，還有以其中一個故事為底本寫成的「非小說」──〈外遇連環套〉，收入李昂：《一封未寄的情書》，頁161-226。

38 郝譽翔：〈世紀末的女性情慾帝國/迷宮/廢墟──從《迷園》到《北港香爐人人插》〉，《東華人文學報》第二期（2000年7月），頁194。

39 「核心家庭」是指「一個男人，一個或一個以上的妻子，和孩子所組成的家庭」，「主幹家庭」是指「包括父母，他們未婚的子女，以及一個已婚的兒子和他的妻兒所組成的家庭」，共同家庭包括「父母，他們的未婚子女，他們已婚的兒子們（不只一個）和兒子們的妻兒，有時還有第四代或第五代。」參徐良熙、林忠正，〈家庭結構及社會變遷的再研究〉，收入伊慶春、朱瑞玲主編：《台灣社會現象的分析──家庭、人口、政策與階層》（臺北市：中央研究院三民主義研究所，1979年），頁28。

映「已婚」男女的外遇問題，同時關懷女性情慾自主的議題。〈曾經
有過〉和〈甜美生活〉則是以中產階級「未婚」女性的典型：她們極
具精緻生活的「品味」[40]：開義大利品牌「Alfa Romeo」的車、用餐
的地方是「布置華美的餐廳、西餐廳或私人俱樂部」、在咖啡廳與電
影院約會。李昂在此關注的是，當一九八〇年代各方價值面臨瓦解重
構之際，未婚女性在知識、經濟能力提升後，如何建構女性主體性。
如在〈甜美生活〉中，兩個相戀多年的戀人即將步入婚姻，
但 G.L. 理想伴侶的特質是溫馴、簡單、喜歡作家事與專心生養數個
兒女的傳統主婦，然這並非身為時代新女性的 C.T. 企盼的生活。就
在論及婚嫁後，C.T. 對未來充滿了不安與恐懼：

> 我對家事一無興趣，我的工作足使我有能力請人來幫忙家裡的
> 工作……至於婚後是否如同我的意願只生一個小孩，我是否辭
> 職在家專門作個妻子、母親，我總以為那是往後的事……
> G.L.，在婚禮即將舉行，在所有的祝福都聚集一身，為什麼我
> 卻感到如此驚悸與遲疑！（《甜美生活》，頁 99-100）

男女兩造想法的差異凸顯了社會轉型期中產階級女性面臨的各種衝
突，男性代表傳統「女主內」的家庭觀，女性則展現出對家庭生活外
的生命追求。吳錦發指出，由於社會結構的變遷，女性逐漸享有更多
的自主權，但原本以男性權力為中心的臺灣社會對這樣的改變往往加
以阻擋與壓制[41]，這也就是為什麼研究者指出八〇年代女作家普遍地

---

40 臺灣「中產階級」講求消費者品味，並陶醉在物化的「精緻文化」中。葉啟政：
〈台灣「中產階級」的文化迷思〉，收入蕭新煌主編：《變遷中台灣社會的中產階
級》（臺北市：巨流圖書公司，1990年），頁103-122。

41 吳錦發：〈略論李昂小說中的性反抗〉，收入李昂：《李昂集》（臺北市：前衛出版社，

在文本中質詰傳統定義下的兩性關係及愛情價值，也試圖再建構新女性的典型，她們的文本重點往往聚焦於女性身分的反思[42]。也就在這樣的價值觀衝突下，促使女性反思自身主體性如何實踐，李昂也在此反映了臺灣處於社會轉型期的女性議題及主體性建構的過程。

從李昂使用相同的符號卻寫出四個不同的故事，可見李昂的情書系列擁有清楚的「虛構意識」，創作思維已觸及真實／虛假的本質課題，符合渥厄（Patricia Waugh）提出的「後設的最小公分母（共同之處）同時在創造小說，並且對小說的創造進行陳述[43]」；但由前述可知，李昂的目的不僅純然的「指涉虛構」，不只是單純的文字遊戲，仍然有一定的問題意識：反映並探討臺灣社會問題，既然李昂同時使用了後設小說揭發文學虛構本質的實驗筆法以及寫實主義反映社會的目的，可見某種程度上仍然肯定寫實主義反映社會現實的功用，但這麼一來又與後設的基本精神矛盾。因此，此情書系列即便使用再怎麼炫目的後設技巧，仍不能算是典型的後設小說，充其量只能說是具備後設「風格」而已。綜言之，李昂在八〇年代初期的情書系列僅是處於嘗試創作後設小說的過渡階段。

而李昂寫於一九八四年的四篇情書，在前述的分期中屬於早期的嘗鮮之作，也就是後設小說／後現代文學在臺灣成熟發展之前的過渡階段。臺灣究竟什麼時候進入後現代，誰也無法給一個明確的時間表，但多以羅青於一九八六年的詩序〈後現代狀況出現了〉為指標[44]，亦即以為八〇年代中期為後現代在臺灣現身並經歷逐漸被正典

1992年），頁282。

42 范銘如：〈由愛出走──八、九〇年代女性小說〉，《眾裏尋她──台灣女性小說縱論》（臺北市：麥田出版公司，2002年），頁152。

43 帕特里莎・渥厄（Patricia Waugh）著，錢競、劉雁濱譯：《後設小說──自我意識小說的理論與實踐》（*Metafiction: the theory and practice of self-conscious fiction*），頁7。

44 一九八六年，「四度空間」詩社的柯順隆、陳克華、林燿德、也駝，以及赫胥氏聯

化的過程。後現代小說以黃凡〈如何測量水溝的寬度〉為首；後現代詩則有羅青、林燿德、孟樊等人透過論述逐漸「建構」此一「新文類」[45]。而李昂於一九八四年創作的情書系列既早於黃凡〈如何測量水溝的寬度〉，也非典型的後設小說，然文本內涵卻具有滲透後設意味的策略性書寫存在的確不容忽視。更具開創性的是，情書系列同時結合「後設」和「書信」的文體特質，首開臺灣「後設書信體」小說之先例，爾後在張系國、平路輪流書寫而成的《捕諜人》（1992）中，將此體例的展現推向高峰[46]。更有意思的是，李昂因飽受謾罵與羞辱而有意為之，情書系列的主角分以 C.T. 和 G.L. 的符號表示，一方面凸顯角色的虛構，請讀者切勿對號入座；另一方面卻又利用讀者喜歡對號入座的心理，可視為另一種形式邀請讀者參與此一文字遊戲的策略。爾後果真有楊青矗跳出來回覆李昂的情書，以「受信人 G.L. 這兩個英文字母與我毫無關係，但我瞭解，妳是隨便用一個代號」直接點破其虛構性，但卻又主動對號入座的表示「妳這封不知如何投寄的情書，在報紙副刊發表，我讀過後即知是寫給我的」[47]，產生了意想不到的「覆情書」及「續情書」的發展。

合出版《日出金色：四度空間五人集》，〈後現代狀況出現了〉為羅青為該書寫的序，收入柯順隆等：《日出金色：四度空間五人集》（臺北市：文鏡文庫，1986年），頁1-19。

45 詳參陳允元：〈問題化「後現代」──以八〇年代中期台灣「後現代詩」的想像〉，《中外文學》42卷3期（2013年9月），頁107-145。

46 在《捕諜人》的十個篇章中，男作家與女作家各自輪流交替分寫五章，透過兩人的書信交換對談真實與虛構、作者與讀者以及間諜事業與文學創作之間的辯證。參張系國、平路：《捕諜人》（臺北市：洪範書店，1992年），頁ii。

47 楊青矗：〈陳春宇覆C.T.情書〉，頁1。

三　入座：楊青矗一九八六年的「覆情書」及李昂一九九〇年的「續情書」

　　楊青矗針對〈一封未寄的情書〉覆信，總共寫了四篇，原信中的
G.L. 到楊青矗筆下分別以「春夏秋冬」與「宇宙乾坤」的文字組合命
名其中：〈陳春宇覆 C.T. 情書〉、〈林夏宙覆 C.T. 情書〉、〈李秋乾覆 C.T.
情書〉、〈許冬坤覆 C.T. 情書〉，如將這四個名字隨意置換，完全不會影
響讀者閱讀的進行，這顯然也是任意的文字排列而成的一種符號。楊
青矗的四封「覆情書」，正是讀者介入作品中一起進行文字遊戲創作
的產物，無疑更增添敷衍原情書中「G.L.」和「C.T.」這兩個符號的
內容及虛構性。這四個 G.L. 雖有不同的背景與身家[48]，共同點都曾出
國留學、清一色都是政治犯；尤其極大篇幅描摹政治犯遭刑求逼供的
過程及心情，顯然和楊青矗曾因美麗島事件判刑四年八個月的自身遭
遇緊密相關[49]。李昂在〈一封未寄的情書〉確實勾勒了 G.L. 擔任雜誌
社主編後遭捕的情節，但所佔篇幅極少，僅以「有個深夜裡一位助理
編輯突然來電話，說你幾天前已被捕，雜誌社則在那天下午受到全面
搜查」（頁 22）為事件之始，然後以「最後傳出消息，你並非被捕，
只是約談，緣由你在美國熟識的一個朋友有不常的舉動」（頁 26）作
結，隱約勾勒出七〇至八〇年代間有一群學成歸國的知識份子以殉道
者之姿，在雜誌上無畏強權地撰寫批評社會的文章而成為政治犯的典
型[50]，然李昂並未就此著墨太多，描摹更多的反倒是女主角 C.T. 愛慕

48　參附錄二。

49　詳參楊青矗口述原著，陳世宏訪問編著：《楊青矗與美麗島事件》（臺北市：國史
　　館，2007年）。

50　唐文標：「確實在七〇年代中期，有一群學成歸國的知識份子，希望將當時美歐激
　　進的參與社會、改造世界的時代精神，引介入臺灣來。例如當時出版的『夏潮』雜
　　誌，便肩負一些議介第三世界、汙染、反核能、回歸鄉土文學、報導農工生活，以

G.L. 的成長心路歷程。而身為美麗島政治犯的楊青矗，就根據這兩段
敘述以回信的方式創造出四個 G.L. 被捕後的獄中故事。將這四個 G.L.
都設定為政治犯，這正是加達默爾（Hans-Georg Gadamer）「視域融
合」（Horizontverschmelzung）的觀點：指詮釋者在進行文本解讀時，
需將「自身置入」（Sichversetzen）歷史傳承下來的文本裡，以達到個
人「前見」的「視域」和作者形諸於文本的「視域」間彼此「交融」
的進程[51]。據此，加達默爾更進一步說：「文本的意義超越它的作者，
這並不只是暫時的，而是永遠如此的。因此，理解就不只是一種複製
的行為，而始終是一種創造性的行為[52]。」閱讀後產生的創造性行
為，正是詮釋者和文本間產生的積極互動，此過程勢必包含詮釋者的
主觀意見在內；簡言之，楊青矗的四封覆情書是透過曾身為政治犯的
楊青矗的「視域」，與李昂原作中的「視域」間彼此「交融」的「創
作」結果。由於彼此的前見不同，李昂於情書中關注的是中產階級相
應於時代變化的種種和女性主體性的建構，曾為政治犯的楊青矗在視
域交融後大談身陷囹圄的種種遭遇；前者是訴盡衷情的情書，後者是
政治味濃厚的控訴信。由此可知，依讀者不同的前見，亂入並開始玩
文字遊戲後將產生更多可能。亦即楊青矗加入後，這組不定符號所指
涉的對話體系更添李昂情書的虛構性，也就在大大提高李昂情書系列
的後設性之際，再次鬆動了讀者對號入座的慣性。

　　在這四封回信中，我們注意到從第三封信起，楊青矗不斷大量質
詰李昂情書的真實性和收件人：「妳這封情書是不是寫給我？好像

及批評社會的文章。」參唐文標：〈時代的追憶——〈一封未寄的情書〉評介〉，收
　入唐文標主編：《1984臺灣小說選》，頁67-70。

51 加達默爾（Hans-Georg Gadamer）著，洪漢鼎譯：《詮釋學I：真理與方法——哲學
　詮釋學的基本特徵》（臺北市：時報文化出版企業公司，1993年），頁393-401。

52 同前註，頁389。

是，也好像不是！」「整封情書真真假假，真實中有夢幻，夢幻中有實景」[53]，甚至在第四封信中直指 C.T. 所書是其幻想：「妳幻想能見我一面，而寫妳遠遊紐約，在一個學術會議上遠遠看到我」[54]，在質疑李昂情書的真實性後，楊青矗透過自己的「視域」開始大量書寫政治犯在獄中的經歷，儼如是另一部新的創作。從李昂原信件中僅有的「約談」二字，後兩封信楊青矗就以自己的經驗大手筆書寫政治犯遭偵訊的過程：

> 我因供不出組織被拷打得耳朵出血，全身瘀傷，無法躺上床，也無法爬起來，稍微一動就全身疼痛；手腳發抖，無法拿穩筷子吃飯。……我被起訴是唯一死刑的叛亂罪，我的言行沒有什麼不對，叛亂是他們製造出來的，製造的方法是他們逼你在自白書上說得露骨，致於死地而後生……他們根據你的自白書自問自答製造筆錄，這種筆錄將已誇大加粗的自白再加以扭曲，就觸及叛亂的法條了，逼你簽字後，叛亂罪起訴，你怎麼辯也白辯。……我被減刑判決為有期徒刑十二年，我無罪，一切都是他們製造出來的[55]。

這段文字逼真細膩的寫出政治犯遭刑求逼供的場景，無非是楊青矗將自身經驗置入文本中參與意義，將含有個人前見的視域和李昂情書的視域彼此交融，而達成了創造性行為的理解。讀者的前見勢必造成解讀上的主觀，這也符合姚斯（Hans Robert Jauss）「讀者反應論」所論：透過讀者在「期待視野」（Erwartungshorizont）的基礎上理解作

---

53 楊青矗：〈李秋乾覆C.T.情書〉，頁34。
54 楊青矗：〈許冬坤覆C.T.情書〉，頁87。
55 楊青矗：〈許冬坤覆C.T.情書〉，頁76-80。

品，在文本的交流中不斷變化、修正、改變乃至再生產，在新的結合點上產生新的期待視野與新的評判準則[56]，據此對文本詮釋產生更多的價值和意義。更重要的是，楊青矗藉由政治犯自白書乃是受到加粗放大、扭曲的結果，再次質詰了文字與政治犯犯行的真實性，由此引發讀者思考的是：政治犯的筆錄既非全然的真實，甚至無中生有，那麼他們的犯行究竟是真實？還是虛構？再者，在一個民主國家，在不侵犯他人的前提下，思想是否有對錯之別？抑是否有絕對的真實？在政治犯這一真實與虛構的辯證中呼應了李昂這一系列以後設情書創作的意圖。

再者，楊青矗的覆信也在一定程度上顛覆了傳統小說的作者具無上權威的特質。由於傳統小說完整封閉的架構，讀者僅能被動單一詮釋，但楊青矗在每一封信中皆指證李昂記憶有誤之處，挑戰傳統作者高不可侵的威權地位：

> 我辦雜誌後，（妳的情書說我當主編，其實是我自己辦，**妳記憶有誤。**）
> 我被捕時，還沒有與瑩娟結婚，瑩娟是我回台後經親友介紹才認識的。這一點妳在情書中寫我那時已結婚，**與事實有出入**。情書中男主角沒有事出獄，跟我的事實有出入，我坐感化牢三年，出獄後沒有回美國，這點以及後半段大多是**妳虛構的**。
> **妳的情書很會淡化和偽裝，妳我的感情明明濃得化不開，我們訂了婚，妳也為我懷過孕**[57]。

---

56 金元浦：《接受反應文論》（濟南市：山東教育出版社，2001年），頁121-126。

57 按：粗體字為筆者所加。分見〈陳春宇覆C.T.情書〉，頁4、〈林夏宙覆C.T.情書〉，頁27、〈李秋乾覆C.T.情書〉，頁35、〈許冬坤覆C.T.情書〉，頁69-70。

有趣的是，楊青矗既然根據李昂〈一封未寄的情書〉回信，按照邏輯，理當依李昂所勾勒出的 G.L. 形象予以回應，但楊青矗反倒篇篇均言之鑿鑿的認定是李昂記憶有誤、虛構、與事實有出入，可見楊青矗清楚李昂在情書系列中以後設筆法展開小說真實與否的命題，也就乾脆跳進來一起玩遊戲。再者，這一系列的覆情書寫於一九八六年，楊青矗極有可能讀過黃凡於一九八五年引起文壇騷動的〈如何測量水溝的寬度〉，其中有一段作者於二十一年後與小學同學陳進德的對話，就述及陳進德對老師記憶不一的真假辯證。對語言真實與否的討論，僅呈現在兩人的對話中，作者全然沒有評斷何者所言為是，似乎是要留給讀者推論。不同於黃凡在同一篇文本中自我質疑，楊青矗在回信中不斷指出李昂情書中記憶有誤，同樣也在這四封覆情書中大玩真實與虛構的遊戲，由此揭示現實與虛構並非涇渭分明，且文本可以無限延伸、重寫。目的除了是讓讀者不會陷溺過深而信以為真外，也解構了傳統作品的作者永遠高高在上的權威，這也是後現代小說的書寫特色。

　　六年後，一九九○年，李昂再度寫下〈給 G.L. 的非洲書簡〉，這篇小說共由十三封信組成：三封在臺灣，一封在飛機上，八封在南非，另夾雜了一封先前在尼泊爾同樣寫給 G.L. 的信。作者於小說中穿織十三封情書與四段雜文，除了特別使用了與正文不同的字體以示區別，呈現出兩個切換的螢幕視框，顯然是有意識的採用後設小說框架的方式呈現。更鮮明的是在小說中談小說創作的「自我指涉」特質，以展露對寫作行為的自覺。小說中的三段議論文字分別陳述一九八四年出版情書系列時意外引發文壇對號入座的八卦猜測現象、楊青矗四封回覆情書的內容以及彭瑞金發表〈怨懟可以當歌〉一文對情書的評論，自我揭露了創作及學者品評的過程，鬆動向來總是涇渭分明的「文學」與「批評」二者。在內容上，這十三封情書無論少掉哪一

封，都不會影響讀者的閱讀；再者，作者在此也沒有要反映或再現社
會現實的意圖，以在非洲書寫的那幾封信為例，信中都是 C.T. 遍遊
非洲的海邊、野生動物保護區、叢林、島嶼時觀賞各種景物的有感而
發，偶有觸及臺灣公共議題，大多不深入的匆匆帶過。如第五封信從
美麗觀光的南非對比臺灣，僅以「我們的自然被破壞、都是髒亂擁
擠、鄉鎮充滿平庸的販厝」[58]，接著又由白人壓榨黑人的史實，蜻蜓
點水的提及族群及階級壓迫的問題，四段議論文字都沒有和這些議題
產生對話，此處呈現的扁平化、平面化、碎裂化明顯是後現代文學的
特色。信中更多是在非洲觀景後油然而生的內在情感與自我探問。如
第八封信「總在大自然裡、在空曠中，那細細的寂寞便會出現」、第
十封信「非洲真是個消除憂慮的地方。一開始，亮度極高的陽光、藍
天，真令人不安著」、第十一封信「在這非洲叢林裡，在一片舒馳的
歡欣快意中，我不能不自問：除卻我逐日生活的低鬱、除卻那以為替
代的對你苦苦的思念，這叢林天真的快慰，難道真不能持之恆久，省
卻人生中的尋尋覓覓？[59]」在這些行文中，作者不在宣揚一個永恆不
變的真理，僅在抑鬱的心情中反思自我，這正是後設小說另一種反省
思辯的呈現。

　　這篇小說最特別之處在於作者於文末強調 G.L. 真有其人，乍看
之下，彷彿是對後設小說為凸顯小說虛構本質一說的自我顛覆：

　　　　G.L.，我知道，我一向知道，你真有其人，而且，你也有一個
　　　　名字。一個像詩人林綠、小說家楊青矗、評論家彭瑞金這樣的
　　　　名字。

---

58 李昂：〈給 G.L. 的非洲書簡〉，《禁色的暗夜：李昂情色小說集》，頁125。
59 同前註，三段引文分見頁132、137、139。

便是這樣，在我的心中，你的名字呼之欲出，於是，我捨棄做
為一個作者的虛構，我捨棄做為一個女人的偽裝，你的名字來
到我的唇齒之間，我不禁出聲低呼，用我最真誠、不曾矯飾的
心，呼喚出你的名字：

G.L.

是的，G.L.，這便是你的名字，你唯一的名字[60]。

猶還記得，一九八四年的情書系列，讀者還在為是否有 G.L.？G.L. 是
誰而爭執不休，因符號的不確定性讓讀者依其視域亂入，在那個寫實
主義盛行的時代，藉此凸顯小說是虛構的本質，以鬆動讀者對號入座
的閱讀習性。但在一九九〇年臺灣已是後現代社會之際，小說＝虛構
已普遍為文學界認知，但李昂在此卻明言要捨棄虛構，並斬釘截鐵的
說 G.L. 是一個有名字的真實存在，似乎顛覆了一九八四年戮力宣揚
小說是虛構的意圖。但若從最末句「G.L.，這便是你的名字，你唯一
的名字」可知，這個真實的名字就是 G.L.，然 G.L. 又是一組不定的
虛構符號，顯然李昂在此再度和讀者大玩符號遊戲中質疑真實與虛構
兩者的關係，誠如張大春所謂「『真／假』的問題都是我們創作出來
的」[61]，這一點當然是後設小說的極重要表現特色。

　　與一九八四年的情書系列相較，一九九〇年的〈給 G.L. 的非洲
書簡〉是典型的後設小說，然前者雖僅是過渡期的後設風格的作品，
在當時卻引起眾人的熱烈迴響，對 G.L. 的興趣及詢問度極高。到了
一九九〇年〈給 G.L. 的非洲書簡〉反倒沒有人回信，也沒有引起太
多人的關注，即便李昂高調表示 G.L. 真有其人，也不再有人對號入

60 同前註，頁144-145。
61 張大春：〈一切都是創作——新聞·小說·新聞小說〉，《張大春的文學意見》（臺北
　市：遠流出版社，1992年），頁14。

座。若依循黃清順對後設小說在臺灣發展的三個時期的分法，李昂這篇〈給 G.L. 的非洲書簡〉發表在第二期（1987-1996），也就是臺灣後設小說最蓬勃發展的時期。然而值得注意的是，在此時期投入後設創作的小說家與數量雖然十分龐大，然因後設小說一味凸顯虛構而開創不出新局的千篇一律下，使得後設小說在臺灣攀向高峰之際卻也同時遇到瓶頸，黃清順也已點出這個現象。據此，我以為可以王德威在一九九三年評介駱以軍《紅字團》時的一段文字說明：

> 這幾年在「後設」風潮之下，台灣的小說家們也群起效尤，競相推出「千萬別把我當真」的關於寫小說的小說。此起彼落，久之未免使人生厭。《紅字團》共收有六篇作品，大抵皆可以後設名之。而這六篇作品的高下之分，端賴駱以軍是否能在形式的變化上，加入一些「別的」東西。如上三作（按：〈鴕鳥〉、〈離開〉、〈手槍王〉）所示，駱都能依照他所選擇的敘述形式，借力使力，進一步思考問題。尤其重要的，他對現實生命的觀察，時有神來之筆，也因此能擺脫後設小說作者過於天馬行空、終不知伊於胡底的通病[62]。

在這段書評中，王德威觀察指出兩個文學現象，其一：一味賣弄文字技巧、遊戲至上的後設小說在九〇年代初期其實已顯現創作危機，若從後設小說的興起是為了對反寫實作品的千篇一律而開展出的創新實驗技巧，在後現代社會已有更多繁花盛茂的文學寫作嘗試下，後設筆法在此時顯然已經不是實驗性強的前衛手法，即便出色的創作者試圖

---

62 王德威：〈鴕鳥離開手槍王：評駱以軍《紅字團》〉，《眾聲喧嘩以後：點評當代中文小說》（臺北市：麥田出版公司，2001年），頁48。

以類型雜交的嘗試[63]，或加入魔幻寫實等新穎的手法[64]，但終究還是
淪入純凸顯小說虛構這樣千篇一律的窠臼，黃錦樹就提出「難道除了
對小說自身做嘲諷、撤銷小說的寫實──真理效果之外，小說就沒有
其他功能」的質疑[65]，鄭樹森也有「徒具形式就難再吸引讀者，更不
受論者青睞」的相同看法[66]。由此反觀李昂〈給 G.L. 的非洲書簡〉，
此篇小說仍採用傳統的置框／破框的後設技巧並不特別出眾，話題性
也不夠新銳搶鏡，自然也就未能引起太多的關注。其二：就在評者紛
紛反思後設小說徒具形式而流於膚淺之際，王德威指出這類創作必須
在後設技巧外再加入「對現實生活的觀察」始能止跌回升，換言之，
那種純粹玩文字遊戲的後設小說在此時雖然仍然有許多作家持續創
作，但其實已黔驢技窮，必須在內容上呈現對現實生命與社會的觀察
才能開拓新局。但要特別說明的是，此時期雖也以後設筆法書寫社會
現實，卻不同於李昂於一九八四年的情書系列是為了反映社會問題，
反倒是企圖透過後設技巧以影射更大的謊言，是背離與顛覆寫實精神
的。如張大春的《大說謊家》（1989）就以後設筆法指向一切詮釋都

---

63 張大春在一篇一九九四年的訪稿中說：「我認為要延續文學的生命，必須要注入新
 的生命力，而類型的雜交便可以增加生命力，像我現在已經動筆的一部小說《母儀
 天下──武則天》，即是類型雜交的型態，它有一部分是我自己的自傳，又混雜學
 術論文、歷史小說、史料、色情，和後設小說。」李瑞騰專訪、楊錦郁記錄：〈創
 造新的類型，提供新的刺激──李瑞騰專訪張大春〉，《文訊》第60期，總99號
 （1994年1月），頁85-90。
64 如張大春的〈將軍碑〉、〈自莽林月出〉均是兼備了「後設」與「魔幻寫實」的手
 法。詹宏志就指出，張大春用了魔幻寫實的技巧和面貌，可卻沒什麼「寫實」的企
 圖（或誠意）……其中甚至還包括一個命題：「天下沒有寫實這一回事」。參詹宏
 志：〈幾種語言監獄──讀張大春的小說進作《四喜憂國》〉，收入陳幸蕙主編：《七
 十七年文學批評選》（臺北市：爾雅出版社，1989年），頁307-315。
65 黃錦樹：〈隔壁房間的裂縫──論駱以軍的抒情轉折〉，《謊言或真理的技藝：當代
 中文小說論集》（臺北市：麥田出版公司，2003年），頁341-342。
66 鄭樹森：《小說地圖》（臺北市：一方出版公司，2003年），頁150。

是謊言，平路《行道天涯》（1995）亦以指涉虛構以顛覆官方版的大敘述。簡言之，張大春、平路不只在創作中凸顯小說是純屬虛構的目的，在觀察現實生活後，更充分利用後設小說中對語言符號無法窮盡事物真相的特點，顛覆文學反映／再現真實人生的寫實觀。相較於這些技巧變化多端且嘲弄真理威權的後設風格的小說，李昂於一九九〇年創作〈給 G.L. 的非洲書簡〉這篇典型的後設小說自然完全未受到文壇的矚目與批評，也由此預示了只為凸顯虛構的後設小說終將邁入衰退的命運。

四　結論

　　一九八三年，李昂因《殺夫》獲獎而聲名大噪，但卻意外遭致私生活不檢點的惡評與謾罵，乃因傳統將主角經歷等同於作者的閱讀慣性。一九八四年，李昂遂有意識的在四篇情書中以括弧按語、信中信、符號遊戲等後設技巧，以凸顯小說及其人物的虛構性，以鬆動讀者對號入座的慣性。但也就在符號不定的無限可能下，反而引來更多讀者的好奇並紛紛對號入座，楊青矗就據此回覆了四封情書，此舉也可視為另一種讀者參與的形式，和原作者一起玩符號遊戲。雖名之為回信，但楊青矗依其前見不斷質詰、指正李昂所言有誤，除了顛覆傳統作者的權威，李昂一九八四年的情書系列也因為楊青矗對號入座的覆信更增添虛構性。

　　然事與願違的是，讀者對號入座的閱讀習性並未因李昂有意識的採用虛構的後設技巧而有所影響。繼一九八三年《殺夫》的辱罵與羞辱後，一九九七年《北港香爐人人插》遭女政客對號入座，更將文壇政界鬧得滿城風雨，李昂再度表明一位創作者的心聲：「閱讀此書

時，讀者自然不宜礙於篇名，對書中的女性角色驟下定論」[67]，而王德威則廓清問題的核心說：

> 兩造當事人及一干好事者窮在「純屬虛構」及「對號入座」
> 的兩極間作文章，繼之以聲光色電的媒體推波助瀾。小說到底
> 怎麼寫的，寫得怎麼樣，反倒無人聞問。作家與政客是老舊寫
> 實主義的信徒，還是後現代「奇觀」美學與政治的炒手，其實
> 頗可尋思。夾處在一片喧囂聲中，這類文學問題畢竟是被忽略
> 了[68]。

王德威無非是想提醒讀者，小說本來就不能等同於真實事件的報導，當所有的關注重點都聚焦在主角是誰的對號入座時，那就在後現代風潮的今日又重回傳統寫實的路子，忽略了對文學創作的真正探問。而此一現象反覆發生，平心而論，顯然和李昂的創作信念與操作手法有關。即便在一九八四年的情書系列中已開始使用括弧按語等後設小說的技巧，但仍然秉持在作品中反映臺灣社會現象及問題的理念，再加上李昂在《北港香爐人人插》觸及高度敏感的性與政治議題，在好奇心的驅使下，也難怪讀者會繼續對號入座。誠如論者所言：「以『林麗姿』這樣看似虛構，實則栩栩存在的女性政治人物作為小說角色，反而容易落入現實的政治泥淖中，傷害到小說所想反映的真實。[69]」因之，二〇一四年李昂再出版《北港香爐人人插》的姊妹作《路邊甘

---

67 李昂：〈自序：誰才是那戴貞操帶的魔鬼〉，《北港香爐人人插——戴貞操帶的魔鬼系列》，頁45。

68 王德威：〈序論：性，醜聞，與美學政治〉，收入李昂：《北港香爐人人插——戴貞操帶的魔鬼系列》，頁10。

69 向陽：〈虛構與真實〉，《跨世紀的傾斜》（臺北市：聯合文學出版社，2001年），頁29。

蔗眾人啃》時，再次強調此書是「虛構的小說」，也鄭重宣言「小說
裡的男／女主人翁，那些主要的敘述者，是一個複數的集合，用最簡
單的話來說，是『他們／她們』而不是『他／她』」[70]，同樣是對主角
並沒有一個真實人物對應的聲明。但有趣的是，這一次李昂一改以往
的態度，歡迎讀者對號入座時，反倒沒有引發太多的關注，這與一九
九〇年李昂再度寫下續情書〈給 G.L. 的非洲書簡〉未被討論有相同
的結果。〈給 G.L. 的非洲書簡〉雖已是手法純熟的典型後設小說，但
卻未如一九八四年屬於後設小說過度期的四封情書引起轟動，除了這
篇小說在當時臺灣眾多頗具特色的後設小說中並不特別出眾外，更重
要的是反映了技巧大同小異與僅凸顯創作是虛構的後設小說已無法吸
引讀者的注目，並逐漸感到厭倦。而《路邊甘蔗眾人啃》亦然，此書
與〈北港香爐人人插〉遭對號入座的男女主角相同，即便探討的社會
議題不同，老調重彈而毫無新意的結果，自然無法再吸引讀者議論紛
紛的興致。

　　李昂的情書系列除引出文學創作中「純屬虛構」與「對號入座」
的辯證關係外，此系列也代表李昂開始使用後設技巧的創作轉折。且
將這三波情書視為一個情書系列的整體，足以作為窺見臺灣後設小說
發展脈絡的一切片：自一九八四年李昂四篇情書、一九八六年楊青矗
的四篇覆情書及一九九〇年李昂的一封續情書，由此呈現出臺灣後設
小說從七〇年代寫實風潮後摸索實驗到成熟，最後喪失其前衛意義的
文學發展現象。

---

70 李昂：〈序〉，《路邊甘蔗眾人啃》（臺北市：九歌出版社，2014年），頁11。

附錄

附錄一　李昂《一封未寄的情書》中各篇 C.T. 與 G.L. 的背景

C.T.	感情／婚姻狀況
〈一封未寄的情書〉	1.未滿 20 歲認識並愛戀 G.L. 2.大學畢業隔年結婚 3.丈夫外遇酒廊小姐，分居 4.愛上夏 5.十年後在「全美亞洲研究會議」與 G.L. 重逢
〈曾經有過〉	1.與 G.L. 相識到在一起隔了十數年
〈假面〉	1.和丈夫媒妁之言、相戀而結婚，育有一子 2.高中老師 3.與 G.L. 發生性關係，最後回歸家庭
〈甜美生活〉	1.在七十年的一個晚宴中認識 G.L.，即將結婚 2.美國讀大學，外商公司上班

G.L.	感情／婚姻狀況
〈一封未寄的情書〉	1.比較文學博士 2.任雜誌主編，被捕約談釋放後回美 3.已婚，妻子在美國
〈曾經有過〉	博士，與 C.T. 相識到在一起隔了十數年
〈假面〉	1.C.T. 丈夫的合夥人 2.原生在江南，因戰亂，舉家遷往北國。爾後回臺灣受教育 3.不婚主義者
〈甜美生活〉	1.美國取得碩士學位

附錄二　楊青矗《覆李昂情書》中各篇 G.L. 的背景：

G.L.	學位／職業	感情／婚姻狀況	其他
陳春宇	1.比較文學博士 2.美國工作	1.錦玉（第一任女友，在美國，被捕時未婚） 2.珍妮（第二任女友，外國人） 3.秀媛（妻子，臺灣人，育有兩女一男）	臺美人生活
林夏宙	1.黑人文學專家 2.在臺灣的大學教書 3.創辦雜誌 1 年 4.在臺灣開英語補習班	1.被捕時未婚 2.瑩娟（妻子）	1.提倡民歌 2.偵查四個月後，未獲學校聘書 3.一直未出國，都待在臺灣
李秋乾	1.社會學博士 2.出獄後開英語補習班	1.坐牢時，妻子帶著孩子改嫁 2.出獄後與補習班的女老師再婚，育有一子	1.因參加黨外民主政治運動而被捕 2.偵查四個月，坐感化牢三年，出獄後未回美國
許冬坤	1.政治學博士 2.出獄後從事進出口貿易	1.曾與 C.T. 訂婚（C.T. 曾懷孕墮胎） 2.出獄後交女朋友，不敢結婚	1.判刑十二年，因遇大赦，關了八年出獄。

「同志文學」的內／外？

——論李昂小說的同志書寫*

一　前言

　　向來關注性別與社會議題的李昂，當然沒有在同志書寫中缺席。若考溯臺灣的同志書寫歷史，目前普遍以白先勇在一九六〇年以鬱金為筆名發表的〈月夢〉為最早描寫男同志的短篇小說[1]；而女作家最早描寫女同志議題的作品，紀大偉以為是李昂於一九七二年寫下的〈回顧〉[2]。然若就李昂的自我認知，一九七〇年〈有曲線的娃娃〉刻畫身為人妻的「她」慾望著丈夫能長出一對讓「她」吸吮的乳房，

---

* 本文原以〈禁色的愛？——論李昂的同志小說〉為題，發表於「東亞漢學與21世紀文藝復興國際學術研討會」，日本長崎大學多元文化社會學部主辦，2016年2月17日。後收入《東亞漢學研究》2016特別號（2016年2月），頁112-123。2017年大幅修訂後收入本書。

1 朱偉誠與紀大偉都一致指出，臺灣最早的同志小說為白先勇的〈月夢〉。白先勇在一九六〇年代就寫了四篇具同志議題的小說：〈月夢〉（1960）、青春（1961）、〈寂寞的十七歲〉（1961）、〈滿天裏亮晶晶的星星〉（1969）。參朱偉誠：〈另類經典：台灣同志文學（小說）史論〉，《台灣同志小說選》（臺北市：二魚文化事業公司，2005年），頁12。紀大偉：《正面與背影——台灣同志文學簡史》（臺南市：國立臺灣文學館，2012年），頁37。然紀大偉日後則提出「1910至60年代之間的多種非文學和文學文本紛紛『出土』之後，『白先勇等於同志文學的起源』這個共識顯然需要大幅度翻修」的看法。詳參紀大偉：〈白先勇的「前輩」與「同輩」——從二十世紀初至一九六〇年代〉，《同志文學史：台灣的發明》（臺北市：聯經出版事業公司，2017年），頁104-161。

2 紀大偉：《正面與背影——台灣同志文學簡史》，頁69。

就已是一篇帶有隱喻色彩的同性戀小說[3]，但無論何者，李昂是臺灣最早在作品中處理女同志題材的女作家乃無庸置疑；一九七五年，李昂再有〈莫春〉一篇同志小說的問世。在一九七〇年代堪稱保守的戒嚴時期，李昂就寫下三篇同志小說，足見其引領風騷的先驅者。

解嚴後，李昂在一九八九年改寫跨國的男同志情誼，中篇小說〈禁色的愛〉採後設的筆法，在文本中穿插一位女性敘述者的聲音，不時現身提出女性觀察者的看法。當九〇年代初臺灣的同志書寫隨著各種社會運動的破口排山倒海而來，李昂卻彷若退出了這個戰場，僅在《迷園》一開始的楔子，描寫一群男同志正在臺北市中山區的美式小酒吧為一名「成為臺灣第一個A.I.D.S病歷」的朋友募款[4]，酒吧外電視牆下方打著「查理病了」的字樣以映疊出電視牆主視覺為女主角捐贈「菡園」的畫面後[5]，正文再也沒有出現任何同志情節。到了九〇年代末響亮政治圈與文學圈的《北港香爐人人插》（1997）中的〈彩妝血祭〉，這篇講述二二八事件的小說雖然安插了男同志死亡的情節，但篇幅比重並不多，同志的情感亦非該文呈現的重點。總的來看，相較於九〇年代大鳴大放的同志情慾書寫，李昂顯得輕描淡寫。直到二〇〇五年，李昂才因電影劇本的需求，寫下了第一部長篇的女

3　李昂：〈自序：走過情色時光〉，《禁色的暗夜：李昂情色小說集》（臺北市：皇冠文化出版公司，1999年），頁4。另，朱偉誠在他的〈另類經典：台灣同志文學（小說）史論〉中，就將李昂這篇〈有曲線的娃娃〉歸類為同志小說，並指出「這種高度象徵性的筆法所歷歷表達出的，畢竟是一種以母親為原型的女同性慾望」。參朱偉誠：〈另類經典：台灣同志文學（小說）史論〉，頁12。

4　李昂：《迷園》（臺北市：麥田出版公司，2001年），頁12。

5　劉亮雅以為，《迷園》中朱影紅的墮胎、最後捐贈菡園之舉就顯示了她的自主性，最後讓林西庚性無能，更顛覆了宰制與被宰制的關係。因此，電視牆共同出現同志和捐贈菡園的這兩個畫面，似暗示女性解放與同性戀運動的可能。詳參劉亮雅：〈世紀末台灣小說裡的性別跨界與頹廢：以李昂、朱天文、邱妙津、成英姝為例〉，《情色世紀末：小說・性別・文化・美學》（臺北市：九歌出版社，2001年），頁27。

同志小說《花間迷情》[6]，勾勒出多重女同志間轇轕的恩愛情仇關係。

雖有學者論及李昂的同志書寫，但截至現今，還未有評論者將李昂這七篇與同志有關的小說作為研究範疇，紀大偉於《正面與背影──台灣同志文學簡史》中僅論〈回顧〉、〈莫春〉、〈禁色的愛〉這三篇的敘事聲音帶給讀者不同強度的「同志感受」。爾後於《同志文學史：台灣的發明》中則限縮在〈回顧〉、〈莫春〉這兩篇專論李昂筆下的「性機制的知識」[7]，紀大偉這兩篇論述分別僅聚焦在敘事角度與性知識的單一面向，大抵因為是在文學史的敘述脈絡中而無法全面及深入的剖析。除了紀大偉，也有論者論及李昂的同志書寫，但這些論述並未專注在同志本身，所關注的大略可分為三個面向。第一類是批判婚前性行為的發生。引發最多撻伐聲浪的〈莫春〉，在《文藝月刊》71 期以「大家談」的專號形式猶如遭受公審般的批鬥，乃因小說中多著墨於未婚男女做愛的情節，而被認定是「色情」描寫的「成人小說」[8]，反倒同性戀的情節未被注意，也就未遭太多非議與抨

6　李昂：〈自序──女色雙身〉：「在開始寫作時，即知曉要改編成電影。過往我的小說被改編成影像，不管是電影、電視，我並不參與。可是這一次，我決定自己寫電影劇本。第一個媒介仍是小說，但接下來要改寫電影劇本，等於是雙重的創作。」《花間迷情》（臺北市：大塊文化出版公司，2005年），頁9。

7　紀大偉之所以僅關注李昂這三篇同志小說的敘述聲音，因為他以為「敘述聲音決定了小說文本本身跟讀者之間的親密感，而這種親密感被視為理所當然的台灣同志文學特色。」參紀大偉：《正面與背影──台灣同志文學簡史》，頁69-75。在另一本著作中，紀大偉再論及在李昂的〈回顧〉和〈莫春〉中，知識讓女愛女的人「傾向」特定的心儀對象（亦即散發出知識魅力的女子），而不會轉向別人。參紀大偉：《同志文學史：台灣的發明》，頁183-193。

8　《文藝月刊》71期（1975年5月）以「關於李昂的『成人作品』」為談論主題，共有六篇，均是從李昂描寫性愛有違純潔善良的社會風俗著眼。分別為：陳克環：〈我如何處理評「昨夜」的困境〉、子青：〈紙上的「成人」電影〉、林雨：〈談「莫春」等「成人」小說〉、舒昊：〈作家的責任──兼談李昂小說中的這一代〉、羅會明：〈文藝創作者非外科大夫〉、許永代：〈豈可戕害文藝〉，頁33-57。

擊，似乎情欲縱流比同性愛戀更傷風敗俗。第二類是女性意識的隱
喻。同志情節在《迷園》一文僅在正文前出現，劉亮雅就此指出「當
他們的身影與電視牆上朱影紅捐贈菡園的畫面疊映時，似暗示女性解
放與同性戀運動結盟的可能」[9]。第三類則是將同志小說視為國族寓
言化的工具，〈彩妝血祭〉將同志現身的議題與本土政治的平反連結
在一起，串聯了臺灣主體性和同志主體性[10]。而〈禁色的愛〉將三位
同志分別為美、中、臺三邊關係的隱喻[11]，在這場跨國家與族裔的權
力遊戲中展現出對臺灣男同志主體性的頌揚，即是對臺灣國族主義象
徵性的宣示[12]。總的來說，這三類成果大多是將李昂的同志小說與其
他主題串聯後的諸多演繹。而我好奇的是，如果撇開國族寓言、女性
意識的隱涉性以及異性情慾如何傷風敗俗的批判，將李昂這些涉及同
志元素的小說完全放在同志書寫的脈絡下，那麼，我們可以看到怎樣
的同志形象及論述？

　　李昂這七篇與同志相關的創作前後共跨越三十五年（1970-
2005）之久，這段時間正是與同志書寫仍屬於起步期的七〇年代，迄
解嚴前後進入大鳴大放的發展重疊[13]，首先引起我思索的是，李昂在

9　劉亮雅：〈世紀末台灣小說裡的性別跨界與頹廢：以李昂、朱天文、邱妙津、成英
　　妹為例〉，頁27。

10　詳參劉亮雅：〈跨族群翻譯〉，頁242-243。朱偉誠：〈國族寓言霸權下的同志國：當
　　代台灣文學中的同性戀與國家〉，《中外文學》36卷1期（2007年3月），頁94。

11　朱偉誠：〈國族寓言霸權下的同志國：當代台灣文學中的同性戀與國家〉，頁92。

12　劉亮雅：〈在全球化與在地化的交錯之中：白先勇、李昂、朱天文和紀大偉小說中
　　的男同性戀呈現〉，《後現代與後殖民：解嚴以來台灣小說專論》（臺北市：麥田出
　　版公司，2006年），頁286。

13　朱偉誠於二〇〇五年將臺灣同志文學的發展分為五個時期，分別為一、起步期
　　（1960-1975）；二、開展期（1975-1983）；三、問題期（1983-1993）；四、狂飆期
　　（1993-2000）；五、尚待觀察的新階段（2000-）。在這五個發展階段，朱偉誠也指
　　出「1980年代後半開始的臺灣同志文學明顯進入了多家爭鳴的狀態」。朱偉誠：〈另
　　類經典：台灣同志文學（小說）史論〉，頁9-35。而紀大偉於二〇一二年則將同志文

不同時期對於同志議題的寫作手法與內容上是否有異同之處？其次，〈回顧〉既被學者認定為臺灣第一篇明確描寫女同志的文學，也是第一部以第一人稱展開日記體的同志小說，那麼，李昂是否對臺灣的女同志書寫產生影響？又，身為非同志的李昂創作與同志相關的題材，是否有與同志作家的作品不同的觀點？將這些作品置放在臺灣同志文學史的脈絡中又凸顯出什麼樣的意義？本文最後試圖由李昂的同志小說，與朱偉誠、紀大偉等學者的同志文學史觀進行對話，反思朱偉誠、紀大偉等學者提出的同志文學的定義、範疇及內容。

二　同志是如何形成的？——李昂的觀點

李昂創作與同志議題相關的七部小說雖歷時三十五年之久，但我們卻能在這些作品讀到同志主角多數具有一個共通的特色：與父母處於一種極端的不和諧關係，若不是完全缺席陌生，就是兩者間的關係十分淡薄惡劣。因之，在李昂的同志小說中，往往指向同志的形成和缺乏父親或母親的圖像有關：

> 她的媽媽早已逝去，她爸爸的疏忽和家裏的貧窮使她一直得不到所要的娃娃。……（婚後）在觸到丈夫多毛的胸部時，她的手竟然微微的有些退縮，她是多希望丈夫胸前能長出兩隻柔軟的奶子呵[14]！
>
> 記憶中母親也有那般磁白的臉，是小時同母親山居養病，還未

學在臺灣的發展分為三階段：一、保守戒嚴時代的啟蒙期，二、解嚴後的發展期，三、二十一世紀因電腦網路勃興、紙本報刊萎縮的沉澱期。參紀大偉：〈序言〉，《同志文學史：台灣的發明》，頁13-18。

14 李昂：〈有曲線的娃娃〉，《花季》（臺北市：洪範書店，1985年），頁69、頁75。

上學，六歲吧！只記得母親很長一陣子纏臥在那雕飾著四季花朵與龍鳳紅木床上……（母歿）終於為父親帶回城裡上學，學校的新奇、故事書，母親磁白一小圈臉的記憶淡平了，然而父親始終未曾接續起這個空缺[15]。

做妻子的在丈夫被關期間，才發現自己懷有身孕，那原最被人稱道的「入門喜」，然新婚之夜一夜繾綣之後，兒子出世，父親已不在人間。……（兒子長大成人後）之後便總有傳聞，有人在深夜的新公園，看到形似兒子的男人，依偎在中、老年肥壯的男人身上；在隱匿的、以俱樂部方式存在的酒吧內，看到醉倒的兒子摟著高壯的中、老年男人[16]。（按：三段引文的括號內容均為筆者所加。）

前兩篇（〈有曲線的娃娃〉、〈莫春〉）都寫於一九七〇年代，後一篇〈彩妝血祭〉為一九九七年，雖時隔近三十年，這三篇小說卻都隱涉因自幼失去與自己相同性別的至親導致日後的同性戀傾向。〈有曲線的娃娃〉中「她」的母親早逝，在一次與鄰家小女孩不經意的衝突中，因小女孩母親的擁抱而第一次感受到柔軟舒適的雙乳帶來的安全與溫暖，爾後遂在自製的泥／木娃娃中尋求慰藉，在撫摸與親吻娃娃的雙乳中獲得前所未有的欣慰與顫慄的感動。婚後不久即對丈夫的男性身體特質感到厭惡，不斷幻想丈夫的胸前能長出或移植兩隻柔軟的奶子，並極度渴望能撫摸、吸吮、嚙咬那女性典型象徵的乳房；歸咎其因，小說中的「她」因缺乏母愛而發展出愛慾乳房的同性依戀。

---

15 李昂：〈莫春〉，《人間世》（臺北市：大漢出版社，1978年），頁86-87。
16 李昂：〈彩妝血祭〉，《北港香爐人人插——戴貞操帶的魔鬼系列》（臺北市：麥田出版公司，1997年），頁170、頁202-203。

〈莫春〉中由於母親早逝，女主角對母親僅有的記憶是長年臥病在床的一張磁白的臉，長大後，愛上與母親一樣有磁白面容、具女性溫柔特質的同性友人。〈彩妝血祭〉的背景發生在二二八，小說以政治犯遺孀王媽媽為故事主角，重點自是在對威權政治的控訴，但文中卻安插了政治犯遺腹子是同志的情節。在新婚之夜王父遭羅織以密謀叛亂的罪名判決死刑，王媽媽以入門喜生下兒子，兒子自是自幼失怙，從未見過、感受過父親的溫度。成年後遊走於新公園、酒吧，愛上與父親相同年紀的男性。李昂對這些角色的設定，似乎均意指主體因喪失可以學習的同性別對象以及因此而萌生對父母圖像的想像依戀，而產生同性戀的結果。

此外，〈有曲線的娃娃〉中因「爸爸的疏忽」讓「我」始終得不到企盼的娃娃；以及〈莫春〉中的小女孩在母逝後回到父親身邊，但始終感受不到父親的關愛；〈彩妝血祭〉中的王媽媽為完成亡夫未竟的政治理想，鎮日忙於政治跑攤而長期忽略兒子，兒子經年累月見不著母親一面，由此也透露出與家人關係的疏離亦是造成同志的原因之一。〈禁色的愛〉中的一對男同志亦然。王平與貴為國民黨高官的父親一直處得不太好，甚至愈來愈惡化；林志文在家中的四男二女中排行老四，由於排序在中間，亦非珍罕的獨生子，從小就未曾受到父親的重視，「父親從沒有帶他上過一次館子，不曾帶他看過電影、到動物園或兒童樂園」[17]，自以為是在一種缺乏父愛的家庭中長成。不僅如此，林志文還有一個美麗卻精神異常的母親，更失去了學習欣賞異性的美好圖像，這些角色的設定都喻指後天的家庭環境對性別選擇上產生影響。到了二〇〇五年，李昂在《花間迷情》中直接將兩者繫聯得更緊密，不再只是隱喻象徵的若隱若現。女同志方華回憶童年中不

---

17 李昂：〈禁色的愛〉，《禁色的暗夜：李昂情色小說集》，頁37。

愉快的家庭印記直接影響了她的性別認同：

> 小小的她將自己鎖在自己小小的房間內，爸媽幾乎每天必進行
> 的喝酒、吵嘴、互毆，挨打的一定是力氣不夠的媽媽，腫著臉
> 青黑著眼睛鼻子嘴角流血的媽媽，來到房門口要向她哭訴。
> 小小的她不敢開門。許多次之後她知道，打開房門，隨著衝進
> 來的不只是媽媽，還有被激怒的爸爸，最後一定是她們母女互
> 擁著再挨一頓拳打腳踢。
> 她不開門，房門外的媽媽，感到被遺棄，對女兒的不諒解使她
> 嘶吼著叫罵，用從市井學來最難聽的骯髒字眼辱罵女兒的陰戶。
> 在媽媽長串的叫罵中，小小的她有千人騎萬人操幹過的臭賤陰
> 戶，等不及擺弄著等男人來騎、操、幹……
> 她不曾應驗了媽媽這詛咒式的預見。
> 幸？或不幸？
> 然後她會發現，她能深切愛戀的，只有女人[18]。

方華在父親常年施暴、母親歇斯底里的嘈雜紛亂環境裡成長，因異性
戀父母組成的不和諧家庭而影響了她的性別認同：自此僅能愛戀女
性，顯然李昂將同志的形成指向是後天環境影響所致。目前對同志起
源的看法有二說：先天說與後天論。持後天論的學者研究指出，童年
的家庭確實是造成同性戀的後天成因。美國精神治療醫師歐文‧拜勃
（Irving Bieber）博士於一九六一年就針對男同性戀的研究報告指
出，其父母多不和諧，母親有過於強大控制力，且強烈的溺愛與貶抑
父親的能力，父親則多為疏離與被動[19]，因此，同性戀者是在早期認

---

18 李昂：《花間迷情》，頁84-85。
19 Irving Bieber的研究報告於一九六二年初版。Irving Bieber et al., Homosexuality: A

同的偏頗以及家庭相處模式的異常中無法認同異性父母，在此心理衝
突下所產生的一種因應環境的方式。李昂筆下的同志均呈現出後天環
境才導致同性性向的形成。

　　有趣的是，若將李昂與具代表性的同志女作家邱妙津展開對話，
則會發現兩人對於同志起源論的觀點十分迥異，儘管不能以非同志／
同志作家如此截然二分，但卻也不失為一種權宜的對照法。相對於李
昂的後天論，邱妙津則以為同志的形成乃先天所致，也確實有另一派
的學者提出同志先天論，原因包括基因與遺傳[20]、大腦結構的差異[21]、
以及荷爾蒙分泌異常三者[22]。她的經典代表作《鱷魚手記》（1994）細
膩描摹「我」對於愛上同性的心理糾結，始終難以接受自己身為女同

Psychoanalytical Study, New York: Vintage Books, 1962. 李孟智：〈青少年同性戀〉，
《基層醫學》12卷1期（1997年1月），頁5-6。

20 生理學家使用家譜分析法（pedigree analysis）的結果發現：同性戀家族的成員以親
　　戚關係為「兄弟」的同性戀百分比最高，高達百分之十三點五，大約為男同性戀族
　　群中比例（2%）的六點七倍；次高的分別為「母親姐妹的兒子」（7.7%）、「母親的
　　兄弟」（7.3%），因此，根據上述的數據推論，男同性戀的成因與母親的遺傳較為關
　　係，男同性戀基因可能來自母親所給予的X染色體，亦即，同性戀的某部分原因是
　　與遺傳有關聯的。葉在庭：〈青少年同性戀傾向初探性研究〉，《馬偕護理專科學校
　　學報》第1期（2001年5月），頁111-132；蘇稚盈：〈同性戀形成的生理基礎〉，《科學
　　月刊》28卷6期（總330期），1997年6月，頁500-506。

21 在下視丘前葉中有一組細胞稱作INAH3（原名為：下視丘前葉第三間隙細胞〔third
　　Interstitial Nucleus of the Anterior Hypothalamus〕），研究中發現，異性戀的男性在
　　INAH3比女性大兩倍，也比同性戀男性的INAH3大2-3倍；然而在同性戀的男子中的
　　NAH3，卻幾乎和女性沒有什麼差別，由此說，同性戀者與異性戀者在大腦結構上
　　確實有差別。房樹生：〈同性戀是天生遺傳嗎？〉《科學月刊》25卷7期（總295
　　期），1994年7月，頁522-528。

22 在生物學上則認為，同性戀的原因是與遺傳上的染色體變異有關，腦下垂體的異常
　　會導致女同性戀者的男性荷爾蒙分泌較多，而男同性戀則是分泌較多的女性荷爾
　　蒙，或是懷孕婦女在生產前後荷爾蒙分泌的異常。陳郁齡：〈談青少年同性戀〉，
　　《輔導通訊》第58期（1999年5月），頁46-54。

志的身分，因為這不是經過「我」後天的選擇，而是打從娘胎出生後就傾向喜歡同性的愛戀：

> 雖然我是個女人，但是我深處的「原型」也是關於女人。一個
> 「原型」的女人，如高峰冰寒地凍瀕死之際升起最美的幻覺
> 般，潛進我的現實又逸出。我相信這就是人生絕美的「原
> 型」，如此相信四年。花去全部對生命最勇敢也最誠實的大學
> 時代，只相信這件事[23]。

邱妙津明白指出主角深愛的原型是女人，所謂原型，就是本來如此，也就是一出生愛的就是女人；喜歡同性的性向既是先天已定，不會因後天環境的變異而有所改變。但李昂的後天形成說顯然具有性別扭轉的空間。易言之，不排除同性戀者可經後天的行為調整改變有導回異性戀的可能。如現代主義風格強烈的〈有曲線的娃娃〉，通篇在「我」奢想乳房的情境中營造出同性愛慾的氛圍，文末，丈夫對「她」說：「慢慢的努力，有一天妳會好過來的」，「她」的回答是：「『也許。』她想。『但不是依著你的方式，必須照著我的方法。』[24]」在這段對話中，引起我注意的是丈夫對妻子的加油打氣：只要「努力」終會「好過來」，此一因果表明愛戀乳房的妻子是處於「不好」的狀態，無疑也就對同性戀下了異常的價值判斷。更由妻子不否認的回答中，看似消極同意了丈夫的看法。由文本的脈絡合理推論，不管「她」決定採取哪一種方式，大抵是朝行為調整重回異性戀狀態的結果發展。

---

23 邱妙津：〈第一手記〉，《鱷魚手記》（新北市：印刻文學生活雜誌出版公司，2006年），頁6。

24 李昂：〈有曲線的娃娃〉，《花季》，頁90。

　　到了〈莫春〉，李昂乾脆就安排同性戀者在經歷異性的交合行為
後以期能獲得性向的調整。小說描寫女主角唐可言與李季偶然的一夜
情後破處，當李季進入體內時僅有身體的疼痛酸麻感，內心思念著的
是女性友人 Ann 以及無趣的意識到：原來這就是做愛，並對自己失
去處女的貞操而百感交集。雖然唐可言與男體交媾的感受是倦怠、疲
累、鬱悒、被侵侮的，即便如此不愉悅的經驗，卻還是深信同性傾向
必須藉由異性的性愛行為作調整：

> 這類情感，除非到相互有確實的性關係，否則大多還可能只是
> 種迷惘與猜疑。尤其在知識界，反覆審視誇張自身情感，更使
> 它成傳染性懷疑症……她確信對那些僅存傾向的人，男女間性
> 愛可以是種調整關係，經由性愛作接觸，逐漸能少去不確切的
> 恐懼與猜疑，會使得自身清楚起來[25]。

李昂在此指出，當主角受同性吸引的同時才會產生許多不安、迷惑、
恐懼的負面情緒，因為許多同性戀乃因後天環境失調所致，其本質上
仍是喜歡異性，所以，她以為同性傾向是可以經由異性間的性愛行為
予以調整扭轉，這可從唐可言主動色誘具同性戀傾向的羸弱男孩的行
徑，希圖「經由她的方式，來除去橫界於他心中顯然的困擾」的舉止
可證實[26]。由此透露出的弦外之音是：以為同性戀是後天環境所造成
的李昂，正是站在異性戀的位置，以行為扭轉導正同志情懷為目的，
以回到社會認定的正常性別軌道。

---

25 李昂：〈莫春〉，《人間世》，頁96。
26 同前註，頁97。

三　回歸正軌？——李昂的「異性救贖」說

　　在以異性戀為主流的社會，位居邊緣的同性戀者總是遭受社會的歧視與異樣眼光，甚至認為是一種病態，即便在重視多元性別的今日亦然，這可自二〇〇三年每年在臺灣展開的同志大遊行的主訴求可知，二〇一一年與二〇一六年分別以「彩虹征戰，歧視滾蛋」、「一起FUN出來——打破『假友善』，你我撐自在」為主軸[27]，明指同志至今仍遭歧視、未能被真正友善對待的事實。因此，在文本中描寫同志不被社會主流，甚至是不被自己接受的各種矛盾掙扎的內心感受，向來是同志文學的主要內容之一：

> 如何管理自己「內心」的同性戀慾望，如何接受自己的同性戀身分認同，也是同志文學的重要課題。有人認為同志文學展開自憐、自戀、自溺，但不可否認同志文學（以及提及同志的各種文學）特別在乎「內心世界」[28]。

對同志作家來說，由於身處異性戀主流的社會，同志身分的不能浮出地表與被人接受，往往在自我也不能認同的心理糾結中書寫內心的愛、欲、掙扎衝突，這些都是他們本身就有的經歷感受，如林懷民〈安德烈‧紀德〉（1968）就描寫一名大學生因愛上年近四十的同性舞蹈家，因厭惡這層關係與自己的慾念而困惑痛苦；白先勇的知名長篇《孽子》（1983），就勾勒一群不為社會所接受的同性戀僅能退守臺北新公園作為社交聯誼的場域；邱妙津《鱷魚手記》（1994）中的女主角耗費了四年確認自己愛的是同性，在這個過程中痛苦不堪、自恨

---

27 參「台灣同志遊行聯盟」（來源：http://twpride.org/，2017年5月28日瀏覽）。
28 紀大偉：《正面與背影——台灣同志文學簡史》，頁16。

逃避。可見這三篇小說的年代雖然不同，但都共同指向同性戀者十分糾結磨難的心境。既是臺灣知名主持人，同時也具備作家身分的蔡康永，就在二〇一五年公開表達出櫃後的孤獨心境，並以「同志並不是妖怪」道盡同志在現今仍遭受異樣眼光的內心掙扎[29]。李昂雖非同志，也同樣寫出這些內心的各種衝撞感受與變化。

但值得注意的是，李昂往往讓筆下的同志在飽經內心掙扎苦痛後，最後透過「異性戀」以獲得救贖，希望回到社會主流認同的「正常」情愛關係。在前一節中，我提出李昂具有通過異性性行為以調整同性戀性向的看法，側重的是外顯行為，在此，則更一步指出，李昂為解除同志內心的不安與責難而產生「異性救贖」的觀點，於此更強調因外在行為而導致的內在感受。〈回顧〉中的「我」同時擁有喜歡男人和女人的雙性戀特質，「我」以回憶的筆法，直指第一次見到哥哥的同學蘇西河時，就深被他的俊美及說話魅力所吸引；爾後「我」看到哥哥的女朋友賀萱後，也為她全身散發的無比女性魅力而著迷不已，以她感受到「爬進屋內的一長條月光，慘青青的一個顏色」的外在環境烘托出內心萌生的恐懼、害怕、不安的情緒[30]，卻也因賀萱喚醒自己沈睡已久的女性意識，極力想要扭轉自己喜歡同性的傾向。但回到就讀的女校後，仍不自覺的被新來的轉學生珍所具有的母性溫柔猛烈的吸引，跟珍相處的平寧幸福感以及慾望珍時的臉紅、恐懼和苦惱，讓「我」在這樣不清楚極紛亂的情感下躲避珍，但當珍與其他同學友善時，又深感忌妒，內心矛盾糾結不已。最後在珍有男朋友的認知下覺悟：

---

29 吳惠菁／綜合報導，〈蔡康永出櫃14年孤獨矛盾　泣訴「我們不是妖怪」〉，《蘋果日報》，2015年6月23日，（來源：http://www.appledaily.com.tw/realtimenews/article/new/20150623/633864/，2017年5月28日瀏覽）。

30 李昂：〈回顧〉，《愛情試驗》（臺北市：洪範書店，1982年），頁6。

> 珍並不似我處於那麼巨大糾結中，她畢竟仍有著她的男朋友，
> 也因此，我得以安然度過那段時期，並相信了正常的情愛可以
> 是種救贖。許久以來，我再次想起蘇西河[31]。

「正常」自是相對於「不正常」而言，「我」對珍的同性情誼需要
「正常」情愛的救贖，言下之意，同性戀即屬不正常。小說中的
「我」僅十六歲，李昂在此展現出青春少女仍處於摸索性向的曖昧空
間，最後相信還是必須回到異性戀的正常軌道，因為唯有異性戀是
「真正可以要求，甚至是唯一能持有的」的愛情[32]。所以雙性戀的
「我」第一眼見到蘇西河時，就確信「他會是一種救贖」、明言「我
需要一種力量──也許是正常完整的情愛，狠狠抓住我，將我提昇上
來」[33]。也因此當「我」發現蘇西河與同性間的曖昧關係時，內心萌
生的空茫、混亂、無依的痛苦甚至超過於賀萱所帶給她的。最後，當
「我」因珍有異性伴侶而決心遠離她時，慶幸自己安然度過同志糾葛
的無底深淵，最後以通過大學聯考，邁向另一階段作結，文末的「再
會了，再會了，真正再會了。[34]」猶如告別中學時期同性愛戀的雙關
語，勾勒出性別真實認知後的心情自在的感受。

　　〈莫春〉的女主角唐可言顯然喜歡的就是女性，對男性的感覺是
沒來由發煩與想逃離。誠如前所述，當她因好奇與異性做愛的感覺而
將初夜獻給李季的行為時，滿腦子想的還是 Ann 那份女性溫柔的依
戀，並在與異性做愛的過程發現男性身體的醜陋、以及隨之而來的鬱
抑情緒。但不可思議的是，唐可言卻可經由不斷與異性做愛而被導引

---

31 李昂：〈回顧〉，《愛情試驗》頁29。
32 同前註，頁8。
33 同前註，頁3。
34 同前註，頁30。

出樂在其中的情慾，甚至以為只有男女間的性愛才能達到真正完滿，以及可以是一種救贖：

> 唐可言於茫然中等待。她知道，往後還會有段時間在她生活中，會出現另些像李季那樣的男人，永遠是一個個過客，也許在她身體上留下不同痕跡，然後當一切遠去，她會發現到另一個自己，或全然相異，或只繞個大圈重回原先定點。茫然中，她等待著自身被澄清。確切的說，她等待著另個男人，用另種方式，激發出潛藏不自覺的女性，而該直到那時，她才算真正被完成[35]。

在唐可言身上，李昂反覆描繪她在同性戀與異性戀之間選取的掙扎，雖然她潛意識喜歡的是女性，但又透過與異性的性愛，逐漸被導引出男女情慾；即便茫然不已，卻還是堅信只有男性能進入她的體內。早在唐可言一場奇異的夢境中，就透顯出身為同性戀的唐可言認為異性戀才是正常關係的訊息。夢中的女性「有突起而長的生殖器，中間卻隱約又有開口裂痕，既不屬男性也不是女性」[36]，若從另一個角度說，此人的性徵為既是男性也是女性。但作者接下來直指她處於生病的狀態，並安排一個男性「用他的男性替她治療」[37]，於此已埋下異性戀救贖同性戀的伏筆。然而，當唐可言在日後做愛的過程中開口對男性說「我愛你」，湧上心頭的卻是滿懷淒慘並淚流滿面，畢竟內心深處感受到摯愛的還是女性，可見其內心不停的矛盾衝撞。即便如此深愛女性，當唐可言打算離開李季，未料她所期待的，仍是選擇下一

---

35 李昂：〈莫春〉，《人間世》，頁94-95。
36 同前註，頁82。
37 同前註，頁82。

個是異性以不同的方法能激發她潛藏的女性意識，李昂依舊安排她擺
脫女女戀的慾望，以回到世俗認定的異性戀常軌。

　　誠如前所述，〈莫春〉引發評者攻之伐之的主因是男女間淫靡放
蕩的情慾，而非同性愛戀。然，在當時以異性戀為主流的臺灣社會，
果真如此寬容？若細讀〈莫春〉，便不難窺出端倪：文本中的同性愛
戀僅止於想像，沒有實際的情慾書寫，因此異性的交歡場面就成了遭
批判有違善良風俗的眾矢之的。我們確實鮮少可以在李昂的同志書寫
中讀到同性交歡的畫面，在七〇年代諸篇大多採用現代主義風的想像
虛構摹寫，如〈有曲線的娃娃〉除了夫妻外，始終沒有出現第三者，
僅是「我」不斷幻想吸吮丈夫長出乳房的胸部；〈回顧〉則選擇描寫
哥哥與賀萱做愛時裸身交纏、汗水淋漓的過程，自身僅在美術課透過
以變形的筆法畫大胸脯的女人獲得迷醉的滿足。到了情慾書寫已是家
常便飯的八〇年代末期，〈禁色的愛〉亦秉持李昂一貫的同志風格，
對同性做愛仍是輕描淡寫，不若她描寫異性交歡的激烈腥羶。如她分
別描寫林志文分別和 Ted、王平做愛時，前者僅以聲量相當大的古典
音樂的氛圍烘托出情慾纏綿的想像空間；後者則以「年輕男子裸露的
背部，滲著珠珠汗水……清清亮亮閃著光」、「那匍匐的身體內在傳出
低低的吟哦」、「狂亂中隨著身體的擺動」[38]，透過光影和韻律營造出
兩男子交纏的意象。這樣含蓄的表現手法，對向來擅長書寫情慾的李
昂來說，顯得有些違和。不過，我們若由後設筆法的「我」以旁觀者
的角度不斷對同性做愛的方式表達疑惑：「我以前一直不知道，同性
戀，是怎樣做愛的」、「難道沒有人像我過去一樣，好奇的想知道兩個
男人如何做愛嗎？[39]」或許缺乏這類的性知識，正是身為異性戀的李
昂無法精準描摹同性歡愉場面的原因之一。

---

38 李昂：〈禁色的愛〉，《禁色的暗夜：李昂情色小說集》，頁20。
39 同前註，頁25。

　　據此，到了二十一世紀的《花間迷情》，李昂仍在多重女同性戀關係的描寫中提出同性交歡是否可以得到滿足的質疑。敘述者林雲淵是個有男朋友的同性戀者，特別的是，林雲淵喜歡陽具甚於陰戶，也害怕與同性歡愉的方式。易言之，作者賦與林雲淵性別喜好分離的特質：身體喜歡男性，心裡喜歡女性。因之，從未與同性做愛的林雲淵自是十分好奇：

> 她一直問那年輕時認識的女同志們：與女人做愛同樣有快感？同樣可以達到高潮嗎？
> 而卻是她的女性友人說過的，與女人的經驗是被 Arouse，可是卻無從真正被進入的不滿足。
> 她記得她還問女友，她們不是用手指頭又擅長於用嘴吸吮的嗎？
> 女友簡要的回答：
> 用嘴和手指頭一、二十分鐘後，妳還能期待些什麼？
> 我們終歸是要被陽具進入的。她的女友強調的說[40]。

從女同志的口中講出女女交歡的情慾無法被滿足，僅憑藉嘴與手指終究無法達到高潮與快感，最終仍期待陽具進入，這樣的說法在同志文學中顯得十分突兀與不可思議，無疑是對同志的情慾認同下了一記回馬槍，更有甚者，李昂進一步提出同性戀是一種不被祝福的情感：

> 過往林雲淵一直聽聞，有關女人和女人在一起深心的相知與互愛，如今自己介入其中，才發現這缺乏社會體制認可的愛，很難得到祝福[41]。

----

40 李昂：《花間迷情》，頁94。
41 同前註，頁181。

不管內在潛意識如何被同性吸引，在同志情慾無法獲得滿足與主流社會仍不認同的現實中，李昂指向異性戀救贖的意向不言自明。雖然同志作家筆下的同志文學也談救贖，但絕不會是如李昂所論的異性救贖。傳統的救贖是寫出同志在衝撞異性戀的主流體制後希望獲得社會的認可，如白先勇《孽子》，無論內心如何拉扯輾轉與痛不欲生，小說中的同志並不會想將自己轉換成異性戀者，但李昂的救贖顯然是希望能重新返回異性戀的主流中。正因為如此，〈彩妝血祭〉中，王媽媽的同志兒子名義上因猛爆性肝炎往生，但實質上卻是「另有隱情」、「誰都不曾說破」，無法說也不能說的病徵在此指向愛滋病[42]。也因為同性戀不為當時社會所接受，王媽媽在兒子生前也拒絕接受她的同性戀身分，藉著政治工作之名完全斷絕與兒子的聯繫，凸顯了異性戀才是正常的主流立場。直到兒子死後，王媽媽將棺槨中原來穿著寶藍色西裝、白襯衫、紅領帶的兒子換上她新婚初夜所穿的粉紅色日式浴衣，並為他戴上一頭假的短鬈髮，同時仔細地為他畫上精緻的彩妝，然後無盡慈愛的反覆說：「放心地去吧！不免再假了，你好好的去吧！從此不免再假了！[43]」李昂在此隱涉出連對抗政治主流的反對運動者都無法接受性別的歧出，即便兩者都位處邊緣[44]。原本恐同的母親最終接受了兒子身為同性戀的身分，但也只能封在棺木裡成為永遠的秘密。這似乎意在言外的道出同性戀者唯有死亡，才不用再假裝；因為只要活著，就永遠無法讓異性主流社會接受。

---

42 邱貴芬：〈〈彩妝血祭〉導讀〉，《文學台灣》38期（2001年4月），頁155。

43 李昂：〈彩妝血祭〉，《北港香爐人人插——戴貞操帶的魔鬼系列》，頁208。

44 劉亮雅將臺灣主體性和同志主體性串聯指出，李昂一方面批判反對運動的恐同，另一方面連結了二二八與同志。參劉亮雅：〈跨族群翻譯與歷史書寫：以李昂〈彩妝血祭〉與賴香吟〈翻譯者〉為例〉，《後現代與後殖民：解嚴以來台灣小說專論》，頁242-243。

　　在李昂的筆下，這些同志多遊走在異性戀與同性戀間，其內心的確十分矛盾掙扎，乍看之下確實完全符合同志文學勾勒內心世界的書寫脈絡；但若從李昂最後的異性救贖說觀之，又顯得充滿張力與歧出。我以為箇中原因是，李昂對現代主義文學的怪誕心理狀態、後設筆法等寫作技巧的興趣其實遠遠大過同志文學。朱偉誠與紀大偉都明確指出現代主義思潮和同志書寫的關聯性[45]；陳芳明也以為「在一九八○年代之前，情欲文學尚且只能透過現代主義的象徵技巧隱約表現出來。涉及同志議題的作品，需要依賴更迂迴的暗示手法來描寫」[46]。他們都共同指向現代主義探索個人內在私密的心靈世界與慾望糾葛是讓臺灣同志文學開始於六○年代浮出地表的重要原因，紀大偉以為：

　　　　現代主義對於內心的探索，剛好跟同志文本對於內心的關注契合──這裡的內心並非泛指任何人的內心，而是不同於「庸眾」的「孤獨者」的心。這種內心應該具有悖反社會常規的傾向，如果變態或瘋狂更好；結果現代主義在台灣興盛，正好為同志文學提供方便滋長的良好環境[47]。

眾所皆知，十六歲就出道的李昂，其創作深受現代主義的影響，尤其是卡夫卡、佛洛伊德的學說。因此在這些創作中，皆可見夢境的潛意識書寫，還有對乳房迷戀的戀母情結。尤其是一九七○年代的這三篇同志文學就大玩人物內心矛盾衝突的細膩變化書寫，誠如紀大偉所

45　詳參朱偉誠：〈另類經典：台灣同志文學（小說）史論〉，頁14。紀大偉：《正面與背影──台灣同志文學簡史》，頁33-63。

46　陳芳明：〈一九八○年代台灣邊緣聲音的崛起〉，《台灣新文學史》（臺北市：聯經出版事業公司，2011年），頁621。

47　紀大偉：《正面與背影──台灣同志文學簡史》，頁33。

言，「這種變態的氣氛和心理正好是現代主義的特色。一九六○年代的文壇盛行現代主義，鼓勵文學作品展現人心的光怪陸離。現代主義正好為同志文學打開了一點得以萌芽的空間：同志文學以現代主義之名，得以進行描寫仰慕同性之情。[48]」由此大膽推測，李昂為了細膩的勾勒主角內在的苦澀等感受的現代主義小說，且向來喜愛嘗試各種不同主題，而正好同志文學也是書寫內心矛盾掙扎的絕佳題材之一，因此李昂選擇了以同性戀作為她得以好好發揮的素材。我認為，李昂在七○年代書寫同志小說的目的並不是為了替頗遭社會排擠與歧視的同志發聲或代言，除了議題新穎外，更多的應是滿足她大玩現代主義寫作手法的欲望而已。

至於在八○年代末期以後設筆法創作的〈禁色的愛〉，顯然不是李昂為了炫技而使用。畢竟她早在〈一封未寄的情書〉（1983）就已經採用後設書寫[49]，再者，九○年代前後已是後設小說發展的成熟期，後設技巧早已被寫手們運用得十分純熟[50]，自無耍弄伎倆的必要。然值得注意的是，〈禁色的愛〉是李昂第一部，也是唯一一部以男同志為主角的跨國同志小說，文本由美國現在採取開放伴侶的性態度拉出三位男同志情愛的序幕，但整篇的敘述重點仍放在臺灣的兩位男同志身上，且安排一位女性「我」不時出現在小說中對於同性戀者的病態特質及行為進行評論或說明，甚至以國族寓言中「無根漂泊的

---

48 紀大偉：《正面與背影——台灣同志文學簡史》，頁38。

49 詳參拙著：〈請（勿）入座：李昂「情書系列」的符號遊戲〉，《文史臺灣學報》第11期（2017年6月）。

50 黃清順觀察指出，至臺灣解除戒嚴進入資本主義後發達的後現代社會後即引爆後設小說的流行。他就將後設小說在臺灣的發展分為三個階段：一、前期（1983-1986）的引介、嘗鮮與接續發展；二、中期（1987-1996）的流行與多元觸角的呈現；三、後期（1997-2002）的沒落、轉向與變革之作。黃清順：《後設小說的理論建構與在臺發展——以1983-2002年作為觀察主軸》（高雄市：麗文化事業公司，2011年），頁209-214。

一代」揶揄了男同志的愛情。對於這樣的寫法，紀大偉很不能認同的
將敘述者視為「毒舌的犬儒女子」、「特立獨行的挑釁敘述者」，認為
她「喜歡談論男同志八卦、頗有勢利眼的傾向」，「跟〈回顧〉、〈莫
春〉相比，〈禁色的愛〉是『很不好看』的」[51]。若以「我」在文末最
後一段對同性戀的評述為例，就可以理解紀大偉所言不假：

> 前幾天我聽到一個男同性戀朋友講過一句話，至今仍印象深
> 刻，他是這麼說的：愛上一個 gay（男同性戀者），就像愛上
> 一個妓女。
> 提起這句話是否表示這是我對整個事件的看法？（笑了一笑）
> 妓女得陪睡覺的，不是嗎？（略一沉吟）不過我有個朋友說，
> 如果事先談好，帶他去旅行，條件就是要陪睡覺，他不履行，
> 這才能怪他不上道，否則，只能怪自己笨……[52]

將同性相戀比喻成「嫖客」和「妓女」的交易關係，顯然「我」以為
同志無真愛，只不過是各取身體慾望所需而已。歸根究柢，李昂一再
展現以異性戀為主流的意識形態，一再貶抑同性戀的情愛關係。這也
難怪紀大偉將之視為毒舌挑釁的犬儒女子了。

四　李昂的同志書寫位置——與朱偉誠、紀大偉對話

　　對某一主題文學範疇的釐定，是每一位研究者或文學史撰寫者
的首要任務；同志文學亦然。臺灣「同志文學」及「同志文學史」的

51　紀大偉：《正面與背影——台灣同志文學簡史》，頁74-75。

52　李昂：〈禁色的愛〉，《禁色的暗夜：李昂情色小說集》，頁51。

概念直到一九九○年代才浮現[53]，第一位企圖構思同志文學史的朱偉誠[54]，他在文章中就提醒我們「任何文學分類範疇，嚴格來說，其實皆是事後發明的回溯應用」，「重要的毋寧是讓過去的文本在現下具有相關性的理解框架中發揮意義」[55]，尤其在對「同志」定義廣狹的不同認知下[56]，他也指出界定臺灣同志文學的具體領域的確是個棘手的問題。順著這個問題脈絡，他提出「凡是從同志觀點覺得能發生意義的文本都應該包括」的判定標準[57]，此處的關鍵詞顯然是「同志觀點」。誠如朱偉誠所論，具同志觀點為同志文學的必要條件，那麼首先要問的是，什麼是「同志觀點」？又，怎樣的「同志觀點」才能發生意義？簡單的說，我以為是書寫者必須站在與同志感同身受的立場。若此，李昂的同志小說是否可列入就值得商榷。

如前所論，李昂的同志小說開展出兩個重點：一是同性戀乃後天

---

53 紀大偉：《同志文學史：台灣的發明》，頁89。

54 目前所見對同志文學的發展輪廓的梳理與研究，其實最早是在一九九六年，臺灣第一家以同志為特定服務對象的專業出版公司「開心陽光」（1995年12月1日「國際愛滋紀念日」成立）編選了第一本同志小說選。編者楊宗潤在〈編選前言〉就試圖界定「同志小說」以及著手構建《同志小說選》。他指出「我們採取類似編年體的編排方式，就是為了呈現華人社會中同志生活的發展和演變軌跡。」顯然此部選集僅在選文上試圖呈現同志史的脈絡，但仍未見相關論述。詳參楊宗潤編：《眾裡尋他──開心陽光當代華文同志小說選》（臺北市：開心陽光出版，1996年），頁4-10。直到朱偉誠於二○○五年為編選同志小說所寫的序：〈另類經典：台灣同志文學（小說）史論〉，此篇才真正具構思臺灣同志文學發展史的雛型。

55 朱偉誠：〈另類經典：台灣同志文學（小說）史論〉，頁10。

56 紀大偉就將謝姬維克（Eve Kosofsky Sedgwick）的《衣櫃認識論》（*Epistemology of the Closet*）中被各界廣泛引用的四格圖表，指出有四組人被視為同性戀。一、殊群化的人（有同性戀身分認同者）；二、常群化的人（如「雞姦者」、「女同性戀共同體」的參與者）；三、要求男女分界者（男生一國、女生一國）；四、男跨女、女跨男者（男生參女生國，女生參男生國）。詳參紀大偉：《同志文學史：台灣的發明》，頁54-57。

57 朱偉誠：〈另類經典：台灣同志文學（小說）史論〉，頁10。

形成，因此性傾向是可以藉由行為調整轉變成異性戀，二是讓同志飽經內心掙扎後標舉異性救贖說，以消除同志內在的不安與痛苦。這兩點看法顯然有別於同志觀點，更準確的說，李昂是站在異性戀的主流位置上。由此引起我思考的是：將這樣的同志書寫列入同志文學中，是否反倒造成了一種同志文學概念主體的消解？易言之，雖名為同志文學，但作者其實僅是形塑同志的角色，實質上卻是進行反同志的論述，這明顯有違朱偉誠對同志文學提出必須具備「同志觀點」的必要條件。有鑑於此，我們有必要瞭解朱偉誠如何理解李昂的同志書寫。

朱偉誠在這本同志小說選中一共選錄十三篇[58]，並未見李昂的作品，僅在他的「史論」雛形中看見李昂被擺放在「起步期」（1960-1975），首先指出李昂作為同志書寫的先驅者，並依出版時序極簡略的介紹李昂的六篇同志小說（未提僅在楔子出現同志的《迷園》），唯一較多描述的是〈有曲線的娃娃〉，他以為小說中的已婚女子朝暮思戀的是丈夫胸前能長出乳房，「這種高度象徵性的筆法所歷歷表達出的，畢竟是一種以母親為原型的女同志慾望，至今讀來仍令人驚艷」[59]，可見朱偉誠將李昂此篇小說置放在同志文學初期的書寫脈絡中是給予高度肯定，一般讀者也多如是觀。但是，我在前面已經提出李昂以為同性戀乃後天環境所造成，在〈有曲線的娃娃〉中就已經隱喻希望「我」的性向能調整回異性戀的狀態。如果我們細膩地解析這篇小說，將會發現李昂的敘事其實通篇暗藏異性戀觀點的玄機。如果將丈夫／妻子做異性戀／同性戀的二元區分，丈夫得知妻子嗜戀娃娃

---

58 這十三篇分別為白先勇〈月夢〉、〈孤戀花〉、朱天心〈浪淘沙〉、朱天文〈肉身菩薩〉、邱妙津〈柏拉圖之髮〉、陳雪〈尋找天使遺忘的翅膀〉、紀大偉〈蝕〉、洪凌〈獸難〉、曹麗娟〈關於白髮及其他〉、吳繼文〈天河撩亂〉、林俊穎〈愛奴〉、張亦絢〈性愛故事〉、阮慶岳〈騙子〉。詳參朱偉誠編：《台灣同志小說選》。

59 朱偉誠：〈另類經典：台灣同志文學（小說）史論〉，頁13。

乳房的反應是輕蔑毫不在乎的嘲弄與訕笑、甚至是冷淡厭惡；當妻子拒絕行房時，丈夫更深表不耐，並以為她身染疾病而帶她前往就醫。至於妻子方面，即便後來與丈夫做愛的感覺是不安、排斥、恐懼、不潔，小說中卻不斷出現那一對帶有獸性和征服情慾的「黃綠色眼睛」帶給妻子的威脅感，正是象徵異性戀的意象。但儘管對沒有乳房的丈夫深感不足，妻子卻還是可以沉浸於丈夫舒適與溫暖的臂膀，甚至於「帶著一種補償似的異乎尋常的熱情去愛戀著丈夫平坦結實的胸前，她放縱自己去享受它，愛撫它，因為她不要再背馱一身的不潔和罪惡」[60]。由同性戀者具有「補償」、「不潔」與「罪惡」的感受，此文深具異性戀立場無庸置疑。但這些訊息遭渴望乳房的女主角的大量敘述所遮蔽，倘若沒有細讀，確實很難發覺此作是站在異性戀的觀點，這也難怪主張必須具同志觀點的朱偉誠將此篇置入同志文學史的脈絡中，儘管它與朱所謂「同志觀點」是相互牴觸的。

那麼，另一位近年來致力於書寫臺灣同志文學史的紀大偉又是如何看待李昂呢？截至目前為止，紀大偉出版了兩本專著，分別是《正面與背影──台灣同志文學簡史》（2012，以下稱《簡史》）及《同志文學史：台灣的發明》（2017，以下稱《同志文學史》），兩者的血緣相通，但卻各異其趣，簡要的說，後者的學術異見乃是站在前作搜集資料與史的建構基礎上[61]。也就是說兩書對於同志文學定義的看法是一致的，而且互為補充。紀大偉有感於一般讀者往往愛問「這本書算是同志文學嗎？」的是非題式問答，且習慣從「一、作者是同性戀，

---

60 李昂：〈有曲線的娃娃〉，《花季》，頁82。

61 紀大偉指出兩者的不同在於，《台灣同志簡史》的內容一部分來自他在網路媒體發表的讀書筆記，而《同志文學史》的部分篇章改寫自多篇經過匿名審查通過的學術期刊論文，前者只停留在收集資料的層次，但後者則進入學術異見的階段。參紀大偉：〈序言〉，《同志文學史：台灣的發明》，頁12。

二、作品必須展現同性之間的愛或性，三、主角必須是同性戀。[62]」這三點作為研判是否為同志文學的標準而予以駁斥。紀大偉以為若侷限於此，如此「均質」（homogeneity）而否定「雜質」（heterogeneity）的結果，將導致同志文學不夠百花齊放。紀大偉在《簡史》中就首次提出對同志文學採取彈性定義的看法，他以為只要文本展現同志的情思、慾望可以隱晦也可以坦白；同志可以是主角也可以是配角，甚至可以「只聞樓梯聲不見人下來」；寫作者可以是同志也可以是非同志，因為他以為文學的分類，與其嚴密，還不如寬鬆，才不會有窄化文學詮釋空間的危險[63]。到了《同志文學史》，紀大偉嘗試將寬鬆的內容再說明清楚一些；在定義會隨著時空變化而變遷的前提下，因此紀大偉在此對同志文學的定義乃是「暫時」的。光是在他同一篇文章的敘述脈絡中，同志文學就出現四種增修的定義：一、「讓讀者感受到同性戀的文學」；二、「讓讀者感受到同性戀的文類與領域」；三、「在現代中文印刷品這個平台讓讀者感受到同性戀的文類與領域」；四、再補上「讓不同歷史座標的文本得以容身的容器」[64]。這裡，我們注意到「暫時」和「感受」這兩個關鍵詞。我贊同如紀大偉所言定義會隨時空而異的「暫時」說，但我認為不論如何變遷，同志文學是支持同性戀的立場是不容改變的。至於「感受」亦然，要讓讀者感受到「支持」同性戀的文類與領域。在這樣的認知基礎上，重新思索紀大偉提出「與其嚴密，還不如寬鬆」的同志文學範疇。我認為，這樣的寬鬆必須有一定程度的規範。因為在李昂的同志書寫中，身為讀者的我們確實如紀大偉所言「感受到同性戀」的文學；但當李昂是以同志之名行異性戀救贖之實，這樣的感受當然也就帶給讀者反效果。雖然

---

62 紀大偉：《同志文學史：台灣的發明》，頁43。

63 紀大偉：《正面與背影──台灣同志文學簡史》，頁12-13。

64 紀大偉：《同志文學史：台灣的發明》，頁57-60。

紀大偉在論述七〇年代的女同志文學特色時，以白先勇的〈孤戀花〉為例提出在一九七〇年代文學中的女同性戀，必須與異性戀合作共存，才能為女同性戀關係提供物質基礎[65]，然而這些酒家女雖然必須和異性進行性交易，卻是為了維繫非異性戀的經濟組合，這和主張異性戀為主流的李昂顯然不同。

更重要的是，李昂筆下的同志人物並未展開同志主體認同。藉紀大偉觀察整理出同志文學的三點主要特徵來看：（一）將家庭視為衝突點；（二）將自己的內心視為衝突點；（三）對烏托邦的渴望[66]。雖然這三項可各自獨立，但其實三者間有很密切的關聯，大致可歸納出臺灣同志文學的發展模式為：同性戀人物和家庭的價值觀產生衝突，心生自責、罪惡、絕望等心緒，然後渴望脫離現有環境，改而前往另類空間（外國或藥物促成的新感官世界），以求在全新的時空自由發展心性。由此可以肯定的是，同志文學不管如何描繪內心的掙扎，絕不會往異性戀才是正常的路子走去。然李昂就不同了。如前所論，她的同志書寫雖然符合「內心衝突」的特徵，但在她筆下的同性戀者多是後天環境導致，因此在衝突過後仍是希望能藉由異性戀調整性向，更進一步能獲得異性的救贖，顯然李昂是站在異性戀才是正常、且同志必須回歸正常的立場。因此，在她的同志文本中，既見不著與原生家庭的阻礙與衝突，也看不到對另組一個「家」的烏托邦想望，僅不斷描寫內心掙扎。不過她筆下的同志，所掙扎的是如何回到異性戀，希望的仍是如何在原來的場域獲得救贖，以回歸異性戀的「正常」軌道。

若與同志作家的作品相較（雖然不能逕將非同志／同志作家截然二分），在此權宜分類的觀察下，的確可以直接感受到非同志／同志

---

65 紀大偉：《同志文學史：台灣的發明》，頁45。
66 紀大偉：《正面與背影——台灣同志文學簡史》，頁44。

所站位置的不同。陳雪在〈蝴蝶的記號〉中，女主角婚後發現自己愛的仍是女人，為了爭取與女同志擁有孩子的監護權，共組烏托邦的新生家庭，不惜與丈夫打官司，並大叫「同性戀就沒資格當母親跟老師嗎？[67]」以捍衛同性戀仍有養兒育女的權利。在現實生活中，陳雪就在朋友的見證下於海邊民宿完成婚禮，並和早餐人合寫了《人妻日記》[68]，這正是她在真實生活中具體實踐同性戀者追求烏托邦的夢想。

於同志文學熱潮之際，八〇年代末期再度以同性戀為題材的李昂似乎也隱約意識到自己創作的意圖，就在《禁色的暗夜》這本以同志為主的選集中自問：

> 我基本上是個異性戀者，但不排除早年同性愛慾的悸動。
>
> 有趣的是，過了青春期、過了青年期，到了中年，又重拾同性戀題材時，〈禁色的愛〉寫的是男同性戀，而穿插的，仍是一個女性敘述者的聲音。
>
> 潛藏在創作背後的那個作者我，究竟是怎麼一回事？
>
> 這是個連我自己都感到有趣的問題[69]。

這一問彷彿問的是：身為異性戀者的「我」，何以選擇創作同志小說？那個創作者「我」的起心動念究竟是什麼？於一九七〇年開始創作第一篇具隱喻意涵的同志小說：〈有曲線的娃娃〉，為什麼在十九年後還要重拾相同的議題，寫下〈禁色的愛〉？並有意識的集結多篇同志小說出版《禁色的暗夜》？這些疑問可以在二〇〇五年的《花間迷

---

67 陳雪：〈蝴蝶的記號〉，《蝴蝶》（臺北市：印刻文學生活雜誌出版公司，2005年），頁82。

68 陳雪、早餐人著：《人妻日記》（臺北市：印刻文學生活雜誌出版公司，2012年）。

69 李昂：〈自序：走過情色時光〉，《禁色的暗夜：李昂情色小說集》，頁5。

情》中解惑，李昂直接表明創作同志小說主要關注的仍是女人，並非
同志：

> 這小說／電影一開始即著眼不只是關於女同志，而是關於女
> 人。在女性光譜中不同的女人，這光譜可以涵蓋從異性戀到酷
> 兒，我不一定有能力能全部觸及，但在這小說／電影，寫這女
> 性光譜中不同的女人，寫男人不在場時，女人對自身的性、
> 愛、身體與自我的追尋，交纏的愛與慾、幻滅與希望……[70]

書寫同志議題，僅是李昂探索女性主體性的方式之一，這是因為女性
和同志在臺灣社會仍屬於社會的邊緣族群，易言之，與其說李昂關注
同志，不如說她更關心的是邊緣族群的內在衝突感。或者更進一步的
說，在女權逐漸高漲的現代，李昂通過女同志的題材，再次標舉女性
情慾自主的一種發展面向。準此，再回過頭來思索紀大偉提出「與其
嚴密，還不如寬鬆」的同志文學範疇，我以為在寬鬆的尺度範圍內，
仍應有篩選的機制為宜。

　　身為臺灣同志文學研究翹楚的紀大偉當然也認真思考過這個問
題。他在《同志文學史》論及臺灣最早描寫男男情慾的長篇小說《重
陽》（1961）時，就以「《重陽》有資格嗎？」的大標題引起讀者的注
意[71]。《重陽》將中國共產黨的惡棍與國民黨員的不孝子弟都設定為同
性戀者，由此指向武漢國共聯合政府是變態的政治存在[72]。我以為紀
大偉在此的對話對象是朱偉誠於〈國族寓言霸權下的同志國：當代台

---

70 李昂：〈自序：女色雙身〉，《花間迷情》，頁10。

71 紀大偉：《同志文學史：台灣的發明》，頁137。

72 王德威：〈小說‧清黨‧大革命：茅盾、姜貴、安德列‧馬婁與一九二七夏季風暴〉，
　　《小說中國：晚清到當代的中文小說》（臺北市：麥田出版公司，2012年），頁51。

灣文學中的同性戀與國家〉提出的觀點。朱以為「泰半說不上具有同
性戀的觀點意識，也並未真正表達出屬於同性的慾望或感情結構，而
主要是一種話題性的窺奇探祕，或甚至是工具性地運用同性戀以作為
某種負面寓意的象徵隱喻（即所謂的「寓言化」），所以實難以『同性
戀書寫』或『同志文學』視之[73]」。在朱偉誠的分類裡，《重陽》屬於
後者「將同性戀寓言化」的作品，因此像《重陽》這類以同志為表
象，以負面寓意實質探討國族的作品，其實不宜列入同志文的範疇。
據此，紀大偉說：

> 不管《重陽》是否算是同志文學這個文類，它都應該被納入同
> 志文學這個領域，不應該被剔除在這個領域之外。很多文學文
> 本只將同性情慾視為旁支而非主幹、醜化而非正面看待同性情
> 慾，或者隱約暗示而不光明正大標舉同性情慾；但是，不管這
> 些文本有沒有符合同志文學的資格，它們都參與了打造同性戀
> 意義，都讓讀者大眾感受到價值不一（有貴有賤）的同性戀人
> 事物。如果撰史者將這些「資格可議」的文本斥絕在同志文學
> 史之外，並且只看符合資格的同志文本，那就形同將「整個宇
> 宙」簡化等同為統一規格的「十二星座」，誤以為沒有列入十
> 二星座的星星在宇宙缺席[74]。

這一段論述，我們必須分成兩個層次來看。第一，紀大偉所謂符合同
志文學資格，乃指一般認知的「文類」而言，亦即必須符合作者與主
角都是同性戀，以及必須展現同性性愛為主要內容的這三個條件。在
這個層次上，我們支持紀大偉以為如此認定太過狹隘而必須擴大以領

---

73 朱偉誠：〈國族寓言霸權下的同志國：當代台灣文學中的同性戀與國家〉，頁69。
74 紀大偉：《同志文學史：台灣的發明》，頁143。

域論的看法，即便該篇小說如僅是以同性戀作為隱喻國族寓言的媒
介，誠如紀大偉所言「它們都參與了打造同性戀意義」，的確不應排
除在外。第二，當我們以同志文學的領域，對於那些「醜化而非正面
看待同性情慾」的作品是否應該列入？一如《重陽》以同性戀的負面
寓意作為說明國族寓言的工具，我以為就不宜列入，這就回到了朱偉
誠所謂的「同志觀點」的必要條件說。雖然解嚴前的同志文學不多，
紀大偉以為讀者沒有「挑食」的特權[75]。即便讀者無法也不應該挑
食，但是我以為仍要認真思考的問題是：像李昂此種以異性戀救贖同
性的作品，是否可以列入？我想我必須指出，李昂在〈彩妝血祭〉和
《迷園》中都讓同性戀染上愛滋，甚至《迷園》中的查理還是「台灣
第一個 A.I.D.S 病歷」，並反諷的說「台灣第一個 A.I.D.S 病歷，有歷
史意義的咃，我們要藉這個機會，為台灣的 Gay，找到一條新的出
路……」[76]。這無疑是遵循「同性戀=愛滋病」的異性戀觀點，對同
性戀者而言無啻是一種汙名化的書寫。我們當然贊成不挑食、廣納各
種同志「領域」的看法，但一旦將這類作品列入同志文學史的脈絡，
勢必要有所反思與批評，畢竟誠如紀大偉所言「《同志文學史》則面
對一再忽視、藐視同性戀人事物的異性戀霸權社會[77]」，那我們怎麼還
能附和以異性戀為立場所書寫的同志文學？如李昂這類以同志之名行
異性戀救贖之實的小說，或從另個角度看，僅是借用同志的角色關注
女性主體性的議題，是否在將這些作品入史後提出批判，抑或是排除
在史的脈絡外，我以為這是個值得思考的有趣問題。

---

75 紀大偉以為「只有在同志文學作品豐多的時期（即，解嚴之後），讀者才可能享
　有『挑食』（篩選什麼樣的文本才有資格列入「同志文學」）的奢侈；在同志文學作
　品稀少的時期（即，在戒嚴時期），讀者沒有「挑食」的特權」。紀大偉：《同志文
　學史：台灣的發明》，頁45-46。

76 李昂：《迷園》，頁12。

77 紀大偉：《同志文學史：台灣的發明》，頁34。

五 結論

　　在臺灣保守戒嚴的七〇年代，李昂率先以女同志作為小說創作的題材，以第一人稱的日記體為敘述手法記錄女同志心理掙扎衝撞的〈回顧〉，確實樹立了女同志文學書寫的某種典範。九〇年代以《鱷魚手記》一書轟動臺灣文壇的女同志作家邱妙津，就是採取同樣的書寫模式，細膩描摹內心深處的「原型」是女人的女同志在異性戀為主流的社會中無法被認同的幽微心靈，在真實生活中找不到救贖的方法後，最後在法國留下了《蒙馬特遺書》（1995）後自殺身亡。但不同的是，非同志身分的李昂，跨越三十五年書寫與同志議題相關的七篇小說，均將同志的形成指向後天環境的影響所導致，或是自幼缺乏父母的學習圖像，或是家庭環境的不和諧使其無法認同異性戀所組成的婚姻。在這樣的認知下，李昂以為同性戀是可以透過異性戀的情慾激發而調整回「正常」的情愛關係，顯然她是站在異性戀的主流立場。這種以「異性戀救贖」的同志小說，已經背離同志的真正想法：他們並不想調整性向，也不想被異性戀收編。

　　在這樣的觀察脈絡下，本文以目前對同志文學的發展輪廓已提出看法的三篇論述：朱偉誠〈另類經典：台灣同志文學（小說）史論〉，以及紀大偉的兩本專書：《正面與背影──台灣同志文學簡史》及《同志文學史：台灣的發明》展開對話，進而對同志文學的定義與範疇提出反思。本文同意朱偉誠提出「同志觀點」為立場的主要判別方向，也因此贊同他將《重陽》這一類的作品排除在同志文學之外。原因不在於此作未以同志情慾為主軸，而是以同志的負面寓意國族，是站在異性戀的立場。因此，當紀大偉提出同志文學的定義是相對有彈性，採取一種「與其嚴密，還不如寬鬆」的不挑食標準時，我以為再怎麼寬鬆，都必須守住「同志觀點」的底線。據此，值得思考的

是，將站在異性戀立場的李昂寫入同志文學史，似乎反倒將了同性戀者一軍。然我們若將這樣的觀點視為另一種對話關係，也不失為眾聲喧嘩的呈現，或許可為紀大偉所謂寬鬆而彈性的同志文學定義做了不同的註腳。

父之死與信念的崩解
──從李昂《鴛鴦春膳》論其創作軌跡的轉折*

一 前言

　　創作生涯近五十年的李昂，其獨樹一幟的風格總是引人矚目。二
○○二年將自己追逐世界美食的經驗首次出版《愛吃鬼》，隨後開啟
一系列飲食文學的書寫[1]。其中，最特別的是二○○七年以長篇小說的
形式記憶／虛構而成，也是臺灣第一本飲食小說的《鴛鴦春膳》[2]。對
李昂來說，這部作品的重要性在於獻給在天之靈的父親，她說「因為
我的父親很喜歡吃，以前我寫的小說讓他很不高興，所以我要把這本
小說獻給我過世的父親。希望他終於可以快樂一點」[3]。然而，早在第

---

* 本文原以〈飲食與死亡──論李昂《鴛鴦春膳》的死亡敘事〉為題，宣讀於「2016
　女性文學與文化學術研討會」，淡江大學中國文學系主辦，2016年6月16日。修訂稿
　已通過審查，將刊登於《靜宜中文學報》第11期（2017年6月）。

1　截至目前為止，李昂共出版了六部飲食文學的著作，分別為《愛吃鬼》（臺北市：
　一方出版公司，2002年）、《鴛鴦春膳》（臺北市：聯合文學出版社，2007年）、《愛
　吃鬼的華麗冒險》（臺北市：有鹿文化事業公司，2009年）、《愛吃鬼的祕徑：李昂
　帶路的美食奇妙之旅》（臺北市：有鹿文化事業公司，2013年）、《李昂的獨嘉美食》
　（嘉義市：嘉義市政府文化局，2014年）、《在威尼斯遇見伯爵：李昂的極致美食之
　旅》（臺北市：有鹿文化事業公司，2016年）。

2　李昂：《鴛鴦春膳》（臺北市：聯合文學出版社，2007年）。本文徵引該書時，於文
　末直接括弧標明篇名及頁數，不另作註。

3　徐蕾專訪：〈李昂：寫作伴我一生〉，《人民日報海外版》第02版，2006年9月11日。

一本飲食散文《愛吃鬼》時就已明言此作是獻給父親[4]，倘若只是單純的想與父親分享美食，那麼這本跨足國內外寫下的吃喝記錄《愛吃鬼》就已足夠，何以需要再耗費六年寫這麼一部飲食小說遙祭父親？

　　若區分《愛吃鬼》與《鴛鴦春膳》的差異，除了文體外，更大的不同在於前者將色香味之美具現於筆端，描摹食物的色相讓閱讀者食指大動，猶如進行一場文字的飲食美宴，是一部「快樂好看又不會有爭議的書」[5]；後者雖然也有對美食的描述，但卻在原本應是美食饗宴的文本中添入大量的死亡元素，更鉅細靡遺的描繪食物上桌前動物死亡過程的慘狀。據此，李昂大量將死亡意象潛藏在食物的表徵下，處處讓人感受到死亡腳步的不斷逼近，更凸顯與已逝父親的關聯。在結構上，李昂就將小說的首尾扣合在父親與飲食的記憶，全書以「起、承、轉、合」的結構串聯延展，每一部分各以兩篇飲食小說為名，共精心調製了〈果子狸與穿山甲〉、〈咖哩飯〉、〈牛肉麵〉、〈珍珠奶茶〉、〈春膳〉、〈國宴〉、〈Menu Dégustation〉（〈品味菜單〉）與〈素齋〉這八章美膳佳構。章節的安排原則上乃依時間序，轉折處則凸顯創作的主題，「起」篇的〈果子狸與穿山甲〉與〈咖哩飯〉分別是童小與初為作家時回憶嗜吃野味的父親的故事；「承」篇的〈牛肉麵〉、〈珍珠奶茶〉則經歷了白色恐怖、回歸鄉土時期，以及解嚴後的跨國流動；「轉」篇就逸出時間軸，轉而揭示創作主題，〈春膳〉、〈國宴〉正是透過以飲食為媒介的轉換書寫，分別調製她向來擅長的情慾與政治的菜色；「合」篇再回到時間序，跨入二十一世紀，〈Menu Dégustation〉以二○○四年的總統大選為背景，〈素齋〉則是父親躺臥病榻，僅能吞

4　李昂在〈自序──快樂愛吃鬼〉中說：「喜好奇珍的父親，從小，給了我當『愛吃鬼』的培訓。這本書，因而可以用來獻給愛吃的父親。」《愛吃鬼》，頁6。

5　同前註，頁6。

食菜泥的晚景。由此可知，李昂在此訴說了一場由生到死的生命展演的故事。但弔詭的是，既然與父親關係的緊張乃源自於不諒解她在文學裡坦言情慾[6]，那麼，李昂又為何要以「春膳」之名暨書寫各種壯陽之方的小說獻給父親？如此何以能夠達成「以這部長篇小說，與她的所有慾望、和與父親溝通的渴望達成和解」[7]的企盼？

其次，《鴛鴦春膳》在李昂的創作長河中也別具意義，這是她首次直接使用電腦撰寫的作品，因此擁有前所未有的創作經驗：將作品輕易更新與竄改。李昂做了哪些情節的更動非本文重點，但修改的必要原因來自臺灣政局的變化卻引起我的關注。這部啟筆於二〇〇〇年、耗時六年完成的長篇小說，創作時正值政黨輪替後的臺灣，明確標註完稿於「二〇〇六年底於臺灣臺北政治最混亂的時刻」（頁 10），李昂為因應時局的變化而作了必要的修改。若再由李昂坦言創作此部飲食小說得以協助她「度過前陣子生命中最艱難的時刻，並開展出新的人生體悟」（〈自序・華麗的冒險〉，頁 10），也同樣引起我的好奇：面對低潮困境的李昂究竟因創作有了哪些嶄新的體悟？《鴛鴦春膳》在飲食與死亡的雙軸線下，同樣觸及李昂的三大創作主題：主體存在、情愛／慾及政治關懷，有關《鴛鴦春膳》揭露情慾與政治的觀點，前人研究已有詳盡的論評[8]，本文的主要核心關懷在於李昂的新

6　李昂接受訪談時說：「在我寫《殺夫》成名後，父親卻因為不能諒解女兒在文學裡坦言情慾，讓父女兩人的關係變得非常緊張。」丁文玲：〈李昂《鴛鴦春膳》再展飲食暴力美學〉，《中國時報》A14（藝文版），2007年8月29日。

7　同前註。

8　邱子修自宏觀的跨文化視野評析，但仍以族裔文化認同及陰性書寫為主軸，洪珊慧則全面檢視李昂如何將飲食與政治、性別及全力議題結合。詳參邱子修：〈從懷舊鄉愁到五味雜陳──李昂飲食小說《鴛鴦春膳》的跨文化評析〉，洪珊慧：〈透視飲食書寫──李昂《鴛鴦春膳》的身體、旅行、國族與歷史論述〉，收入江寶釵、林鎮山主編：《不凋的花季：李昂國際學術研討會論文集》（臺北市：聯合文學出版社，2012年），頁258-321。

體悟是否提出與前作不同之處。若由李昂下一部長篇小說《七世姻緣
之台灣／中國情人》（2009）自全球化的空間流動與神秘靈異的情慾
虛寫，提出流動虛級化的家國想像的論點，確實明顯有別於她慣有的
統獨二元的固定身分以及向來大膽露骨的性愛實寫[9]，本文就此創作
脈絡後設地指出《鴛鴦春膳》為李昂承上啟下的作品，聚焦在飲食與
死亡的辯證關係，探討新體悟的李昂在此轉折之作中有哪些承上的主
題？又開啟哪些有別於以往的創作內容。同時，論析《鴛鴦春膳》如
何透過食物再次展開與自我存在、情慾及政治的對話以弔唁父親，進
行一場紙上悼亡工程。簡言之，本文以為《鴛鴦春膳》為李昂的轉折
之作，論述重點在於作者有意識地寫出哪些與前作相同主題但卻略有
所轉向的內容；並後設地援引後作以觀其創作軌跡的變化。

二　飲食與死亡下的自我存在感

> 中年作家寫作飲食，更能體會人生不正是五味雜陳？而「五味
> 雜陳」交相混雜，不就是飲食。（〈自序・華麗的冒險〉，頁 10）

　　享用美食，向來被視為愉悅的饕餮饗宴。為什麼李昂感受到的反
而是五味雜陳的人生？卻是透過飲食進行一場對艱困人生的體悟追
尋？中年李昂在此透過食物再次思索自我存在的論題，顯然是接續了
四十年前《花季》的主題。一九六八年，以〈花季〉驚豔當時臺灣文
壇的高中生李昂，是篇典型的存在主義小說，這一系列的小說在一九

9　詳參拙著：〈虛寫的國族與愛情——從李昂《七世姻緣之台灣／中國情人》談全球
　　化下的家國想像與情愛論述〉，《臺灣文學學報》28期（2016年6月），頁65-92。

七五年施淑為李昂所寫的書序中已有精彩而深入的剖析。施淑指出，《花季》系列是李昂面對聯考陰影而徘徊在生命僵局中，細膩地勾勒出主角在瑣碎沉悶的鹿港小鎮中所萌生戒慎不安的心理困境與精神危機，小說多通過自我與外在的衝突、懷疑、焦灼、恐懼等感受，在一個個離奇乖戾的夢魘世界中不斷思索自我存在的意義[10]。年僅十七歲的李昂在《花季》中演繹的存在困境，掙扎於自我內在的主體與外在環境的衝突，而寫出的疏離、孤絕的成長焦慮[11]，表現出青少年面對未知的一種荒謬而虛無的存在感。

　　有別於青春李昂在《花季》中那種存在主義式的主體困境，四十年後自稱「愛吃鬼」且不辭千里遠而嚐遍各國美食的李昂，則是自飲食中體悟嚴肅的生死議題。《鴛鴦春膳》在飲食書寫呈現的辯證性，顯然跟生／死的二元對立有關。伊莎貝‧阿言德（Isbel Allende）於《春膳》中直指被扔進鍋裡煮食的雞鴨是被宰殺的「屍體」[12]，而這些動物之所以死亡，是為了要成為餐桌上的佳餚美味；生存的代價必須以其他動植物的死亡來換取，其中的弔詭性不言可喻。《感官之旅》也述及人類顯現此種無能的恐怖：必須殺死其他生命的形式才能存活，我們得竊取它們的生命，有時甚至導致它們絕大的痛苦。我們每一個人都執行過，或技巧地同意過這樣的痛苦、死亡，和屠殺[13]。

10 施淑：〈鹽屋——代序〉，收入李昂：《花季》（臺北市：洪範書店，1994年），頁5-18。

11 詳參拙著：〈囚禁的鹽屋——論李昂《花季》的成長困境〉，《東亞漢學研究》2014年特別號（2014年12月），頁126-137。

12 伊莎貝‧阿言德（Isabel Allende）在〈佳餚滿桌〉中寫道：「有一個可怕的廚子，她的職責包括若干得不到感謝的苦差事，例如淹死盤據屋頂的貓群新生的小貓，在後院曬台上扭斷雞鴨的脖子、養肥其他牲畜，以便日後宰掉牠們，將屍體扔進鍋裡煮食。」伊莎貝‧阿言德，張定綺譯：《春膳》（*Afrodita. Cuentos, Recetas y Otros Afrodislcos*）（臺北市：聯經出版事業公司，2009年），頁36。

13 黛安‧艾克曼（Diane Ackerman）著，莊安祺譯：《感官之旅》（*A Natural History of the Senses*）（臺北市：時報文化出版企業公司，1993年），頁163-164。

易言之，人類為了生存，自然要進食攝取養分，但吃這件事的根本乃建立在死之上：人類透過吃以維持自我生命的基本運作，但卻也同時造成了他者的死亡；彼死此生，不斷輪迴。同樣是思考自我存在的意義，相隔四十年出版《鴛鴦春膳》的李昂，就在吃與生死繫聯的飲食故事中，因豐富人生閱歷的搬演，開展出不同於青春期創作《花季》系列的存在困境。

因年齡及生命經驗的差異而有不同的生命追求，高中時期創作的《花季》系列幾乎清一色都是以青少年為主角，小說都是通過一個閉鎖的空間，如〈婚禮〉中的樓房、〈混聲合唱〉的合唱廳、〈有曲線的娃娃〉的臥房和地下室、〈長跑者〉的黑森林和鹽屋，描摹出主體對時間和方向感的喪失而生的存在恐懼[14]。而《鴛鴦春膳》則是透過中年女性的回憶筆鋒，從自己生活在家鄉的童年印記與父親前後兩個不同時期的飲食對照，在死生的辯證中探尋生命的存在感。

首篇〈果子狸與穿山甲〉從女主角鬼影幢幢的鹿城童年開始寫起。幼時的王齊芳和多數的小女孩一樣，以扮家家酒為最常見的遊戲。但特別的是，王齊芳玩樂的地點是在幽暗積水地底的防空壕中，由此折射出洋溢死亡氛圍的童年。王齊芳擅長發揮想像力以各種物件扮家家酒，例如將菅芒草結的長花穗一絲絲摘下來後當作米粉絲，以長草葉編出土魟魚後再以小野果子裝飾魚眼睛，以土牆上終年水濕淋淋的紅土作「紅龜粿」，最千變萬化的是各種顏色與材質的木頭刨花卷，捏碎搓揉後的刨花像一粒粒的米飯，散發著檜木的米香；細長的可以拿來作公主的長髮鬟，深棕帶紅且小而圓的作「蚵捲」，色白肥而壯的作「潤餅捲」，但在玩弄刨花的過程中，竟讓她聯想到父親講述的見鬼「童話」。據說父親常常在院子裡看到「一雙腳，只有腰部

---

14 施淑：〈鹽屋──代序〉，頁277。

以下，不見上半身，兩隻腳跨著跨著，跨過圍籬方不見」（〈果子狸與穿山甲〉，頁 19）。這是來自清朝的極刑叫「腰斬」，當行刑的劊子手大刀一揮，刀將受刑者的身軀切成兩半：

> 便在上下半身分開的剎那，留在原處的上半身虛懸，被斬斷的白花花腸肚、牽牽掛掛的腸子流下吊掛，切成半片的脾、胃、腎咕嚕先下墜，帶著下流未盡的腸子，再應聲撲倒。（〈果子狸與穿山甲〉，頁 20）

當王齊芳玩弄著長捲的灰白刨花，宛若在防空壕中重現牽腸掛肚的畫面，頓時公主的長鬈髮成了垂掛在頭髮上的白花花腸子，蚵捲、潤餅捲也成了腸肚，家鄉鹿城的防空壕裡布滿了鬼聲鬼影。更與眾不同的是，幼年王齊芳的玩具不是洋娃娃，玩的是有餘溫的畜體：

> 為了擠玩那軟滑細膩的血塊，她將一隻鴨子的脖子皮全扯了下來，露出一長截只有白白一層肉包的長條脖子骨。而脖頸為放血切開處，被她不斷擠壓，整個鴨頭又少了皮的沾黏，雖然沒全斷掉，側向一方倒了下來，她摸摸，只有靠薄薄的一層脖子肉附著。（〈果子狸與穿山甲〉，頁 18）

從滾水中撈起的畜體，成了王齊芳掌中的玩物，血塊、皮與肉分離的鴨身、斷了一半的鴨脖子，都是她把玩的結果。觸摸死狀極慘的家禽，年幼的王齊芳從未感到害怕，僅擔憂這隻普渡的殘鴨會惹惱了七月半的「好兄弟」，怕遭青面獠牙的「好兄弟」帶走。此外，童小的深刻記憶還有二嬸淒厲慘絕的哭聲，為的是被日本遠派到南洋從軍的二伯父終戰後未曾歸來，爾後成為帶髮修行的齋姑，她那身著一襲黑

袍搭配無血絲的慘白臉色、倏忽移動間像風一般的陰涼與黑煙，完全
符合女鬼的形象。日後更發掘二嬸竟具備「見物通靈」的本領，得以
成為人界與鬼界溝通的媒介，自此創辦齋堂後有愈來愈多的齋姑加入
「黑色布袍的身影鬼影幢幢」（〈素齋〉，頁254）的行列在鹿城遊
蕩，製作的素醬菜竟摻雜有屍塊醃泡的傳言。鬼聲鬼影的童年記憶，
正是李昂再現家鄉「每一條小巷、每一個街道的轉角，都有一隻鬼盤
踞」的鹿城[15]。早在《人間世》（1977）的老舊陰暗的古屋子、冬夜的
鹿城石板路「淡灰一如墓地石碑顏色」、「長巷鬼的傳聞」[16]，就可以
感受到鹿城宛若鬼城的氛圍；終在《看得見的鬼》（2004）更全面地
將鬼故事入菜，訴說家鄉一如「鬼國」般布滿鬼魂的記憶，彷彿國域
中的東、北、中、南、西各有頂番婆的鬼、吹竹節的鬼、不見天的
鬼、林頭叢的鬼、會旅行的鬼再次現身，再次回憶自己「基本上是被
鬼嚇大的」成長經歷[17]。

　　再者，當她懷想鄉土美食「菜脯蛋」，勾起著名的「虎姑婆」童
話中虎姑婆嚼食孩童手指的故事，在同樣是「咔擦咔擦」聲的音聲繫
聯下，作者有感而發：「咔、咔吃掉的可是什麼？是年長後方意會到
的生命？她是不是在那個時候開始要成為一個作家。」（〈咖哩飯〉，
頁42）在「吃掉的可是什麼」的提問下，李昂反覆多次以「吃的豈
只是手指、菜脯」（〈咖哩飯〉，頁42-43）自問自答，以食物為記憶的
符碼遙寫鹿城的童年。書寫家鄉鹿城的鄉土故事一直都是李昂小說的
重點，李昂就表示鹿港與她的創作有必然的關聯：《花季》描寫在家
鄉生活的日常事件、《鹿城故事》道出沒落而不再繁華的小鎮、《迷
園》那座座落於鹿港的「菡園」、《看得見的鬼》中女性群鬼盤踞鹿城

---

15 李昂：〈後記〉，《看得見的鬼》（臺北市：聯合文學出版社，2004年），頁237。
16 李昂：〈假期〉，《人間世》（臺北市：大漢出版社，1978年），頁184。
17 李昂：〈後記〉，《看得見的鬼》，頁237。

國域，在在記錄這個孕育李昂創作的所在地；雖有論者將《鴛鴦春膳》視為李昂一系列鹿城故事的後續發展[18]，但小說卻是描寫最年幼時的童年，反倒應視為整個鹿城故事的開端。在她眼中，鹿港一直是一個有奇特傳承的地方[19]，所以她一再的書寫鹿港，毫不掩飾她對鹿港的迷戀，記錄那個供給她各式各樣創作題材的養分來源的小鎮。不僅讓在此居住大半生與終老的父親對家鄉進行再一次紙上巡禮，也同時揭示她在創作中不斷書寫鹿港的成果。尤其李昂於此更細膩的記錄了在鹿城的童年印記，這是在前作中所未曾見的；也終讓讀者明白，何以李昂筆下的鹿港總是陰森鬼影。

李昂在此描摹幼時在家鄉鹿城的種種回憶，自然可歸入懷舊之作。懷舊，簡言之，是對我們過去擁有卻已失去之物的眷念。與向來表現溫馨的懷舊傳統相同，作者在此召喚幼時與父親美好的飲食記憶：她和父親「守著一只小泥爐、一鍋滾熱的湯的暖意」（〈果子狸與穿山甲〉，頁28），視童年為此生最快樂無憂的時光，但弔詭的是，作者卻讓它環繞在鬼魅與死亡的氛圍中。此股張力除了是勾引鄉愁與思親外，更重要的是據此必須面對自我的存在感。不同於《花季》系列的青少年主角們，對身處在這樣一個死氣沉沉的封閉古城中所面臨未知的未來，自身存在的成長困境；《鴛鴦春膳》則道出中年人面對愈來愈逼近的死亡，在此不難發現李昂的焦慮與感傷，因此她就透過飲食與死亡的對話，展開對生命意義的探尋。

童年時的防空壕除了有扮家家酒的假飲食遊戲外，另外也同時上演著真料理的劇碼。因為母親看不慣父親在家中殺吃稀奇古怪的野味，父親只好轉移陣地，移師到防空壕內宰殺獵物，防空壕有著父女

---

18 蘇鵲翹：《臺灣當代飲食文化研究：以後現代與後殖民為論述場域》（桃園市：國立中央大學中國文學研究所碩士論文，2007年），頁84。

19 李昂：《花季》，頁2。

倆鮮嚐果子狸、穿山甲等各式稀有動物的香甜記憶。當奇珍異獸進入
防空壕就成了父親刀下的亡魂，王齊芳對動物的死狀仍記憶猶新，如
殺鱉：

> 殺鱉尤其需要兩個人。那鱉一受到驚動，立刻將頭和四肢縮到
> 殼裡，只剩上下兩片硬殼，要殺也無從殺起。她便見到父親以
> 一支竹筷子伸進鱉殼裡去撓動，一開始鱉還不為所動，但終究
> 會禁受不住伸出頭來咬，而且果真如「閹雞羅漢」所言，一咬
> 中就不肯鬆口。父親慢慢回縮竹筷，鱉緊咬著不放自然頭愈伸
> 愈離殼，露出一截皺巴巴的脖子。這時候早拿著刀峙立一旁的
> 「閹雞羅漢」，立時揮刀砍下，鱉來不及縮回，頭頸應聲斬
> 斷，頭噗一聲噴到一旁掉落，鮮血濺出，嘴仍咬著竹筷不放。
> （〈果子狸與穿山甲〉，頁 24）

死前的鱉再怎麼掙扎，再怎麼與殺鱉者諜對諜，最後仍難逃一死，頭
頸分離後仍不放棄的咬著竹筷，彷彿是臨終前為繼續求生的奮力一
搏。防空壕成為父親的專屬廚房後，防空壕就像魔術般能將東西再變
一回，「只這次變回來的不僅是殘了、破了，吸取去的還是活動的生
命，出來的只成一鍋帶肉的清湯？」（〈果子狸與穿山甲〉，頁 31）在
王齊芳的童年回憶中，就以防空壕作為展演的空間，在此指向生死的
思辯與探問。此種不斷詰問與辯證的形式，正是李昂探求存在意義的
策略。就時間軸觀之，防空壕原是戰時防空襲以保全生命的地洞，後
來竟成為肢解動物與烹煮野味的特殊場所。易言之，原本是救人維生
的防空壕，現在竟成了肢解牲畜及其屍體的藏身地。更弔詭的
是，防空壕的存在既因應戰爭所需，那麼看似救人維生的防空壕，就
時代意義觀之卻是指向更多死亡的爭戰殺戮。同一個空間因時空而裝

載迥異的內容,也可見於李昂早期創作中對家鄉鹿城的書寫。她就意
有所指的隱涉孕育人長大的家鄉,除了給與成長養分外,其瑣碎沉悶
的死氣沉沉卻也同時帶來存在的困境,死亡在此成了一種感受與氛
圍。所以,在《人間世》中一生從未走出鹿城一步的人們,如:國小
老師陳西蓮嫁給母親的姘頭後逐漸蒼老消瘦;蔡官遊走於鹿城各家廚
房後院、總是議論他人隱私是非則「永遠拘限於鹿城中,也大概得如
此過完一生」[20],在李昂筆下這些被鹿城重重圈限住者呈現出成長停
滯／死亡的人物形象,始終困在自己的生命難題中找不到出口。

　　除了防空壕外,由父親中風前後的飲食反差,再度開啟飲食與生
死的對話層次,由此探索如何面對生命中的各種慾望。壯年時大量宰
殺動物、大啖野味的父親,在吃了這麼多珍禽異獸後,到了晚年卻因
病只能吞嚥其狀如嘔吐物的灰綠色飯菜泥,這無異是以美食家自居的
父親最不堪的晚景。母親屢以報應因果說解讀,然王齊芳則由此探問
人心之所慾:

> 一生可說以嗜吃美食為職志的父親,如若面臨要「克制」至愛
> 的吃食,得在與「痛苦」之間作抉擇,父親會選擇什麼呢?
> 大概會選擇吃吧!
> 要能克制痛苦而不去滿足慾望,絕對是極不容易的事。(〈素
> 齋〉,頁232)

現代人往往為了口舌之慾殘殺各種動物,如果母親的因果輪迴說為
真,那麼父親若能克制吃食珍禽異獸的慾望,是否就可免於病榻臥床
多年之苦?人類飲食的目的本在取得生存所必需的基本養分,誠如前
述,但凡只要吃食,此生必有彼死。不僅動物如此,即使素食者亦

20　李昂:〈假期〉,《人間世》,頁191。

然。在「動物自然是有知覺，但誰知道植物會不會流淚」（〈自序·華麗的冒險〉，頁10）的疑問中，吃齋的二嬸「因長期的營養不良，飢渴而死」（〈素齋〉，頁259），李昂在此指出茹素者不僅造成植物的死亡，也不曾讓她死前免於病痛，甚至死於營養不良。彼死但沒有換來此生，質疑了「吃齋解厄」的說法。尤其從父親講述釋迦牟尼佛外出化緣時葷素不拘的隨緣法喜，及以咖哩此道調料作為長生不老的靈藥，更進一步證成食物的存在本是為了接引人們脫離人生苦海。

在《鴛鴦春膳》亦可見李昂將逐漸深化的佛學思維寫入小說中。早在《殺夫》時，林市與母親的同命關係就隱約呈現因果輪迴的寓意，到了《鴛鴦春膳》，李昂讓相信因果輪迴說的母親主張以素齋，和堅持以珍奇的鰣魚祭拜父親的作者意見相齟齬而產生衝突。未料作者食用葷食祭品後竟遭魚刺卡住咽喉，每一次吞嚥口水如在針氈的痛楚，讓她聯想到佛教經典「水懺故事」中那位受皇帝恩寵的得道高僧膝上長出人面瘡而疼痛難耐的感受。當高僧得知人面瘡原是數世前他曾錯殺腰斬的人，最後以迦諾迦尊者所賜的三昧水洗滌後消除。作者自此悟得若非人面瘡執著於報復，早已可以獲得解脫，唯有「放下方能捨得，糾纏了十世的恩怨不再」（〈素齋〉，頁249）的道理。最後，在父親的誦經法會上反思存在的意義：

> 悚然的警覺。啊！是啊！是日已過，命亦隨減。逝去的何只是相關的人的時日與生命，不也是自己。那色即是空、空即是色、色不異空、空不異色，一切果真只是如霧又如電、如夢亦如幻？於一切盡是無常中，何處方是依歸？……死亡的恐懼驟至。（〈素齋〉，頁264）

「色即是空、空即是色、色不異空、空不異色」語出佛教的重要經典
《心經》,「色」指六境:色、聲、香、味、觸、法,「空」是指去除
執著的手段,而不是有一種實際的存在物稱作「空」[21]。飲食就涵蓋
了六境中的色、香、味三種,而這些皆為無常、無自性,都是短暫
的、剎那生滅的、變化的、不實在的,也就是不真實也不能永久存在
的虛相,一切都是「緣起性空」,所以無需執著於食物的形貌、味
道,自然也無需執著死生之相。即使像父親這樣畢生追求美食者,最
終仍不免一死,那麼又何需貪戀三寸口舌間的味蕾假相呢?最後,在
「何處方是依歸」的自問中,李昂面對的其實是死亡逐漸逼近的感傷
與焦慮,這些恐懼的感受透過飲食與生死的辯證書寫中層遞浮現。然
而寫著寫著,李昂終於明白隨著體衰邁向死亡的不可避免,唯有能夠
空掉各種妄念,不再陷於虛妄的我執中,才能從求不得苦中解脫。畢
竟無論是嗜食奇珍異禽美食者如父親,抑是茹素者如二嬸,最後終得
邁向生命的盡頭:死亡。唯有不再執著於食材的法相才能得到真正自
在而平靜的法喜,這正是自佛法「色不異空」、「緣起性空」的頓悟。
再者,死者已矣!當一個與自身曾共同存在同一個世界的人「不在」
時,在/生與不在/死間就產生了斷裂感。斷裂本身的存在,象徵完
整的曾經存在,亦即所謂的死者「不在場」,其實代表著它們的曾經
「在場」,當我們開始在意起那份斷裂,由是產生了悼亡之感[22]。雖然

---

21 「色」是指「物質」,「色、聲、香、味、觸、法」等六境,然若廣泛的說,還包括
「六處」(指六境入於識之處,故六處或譯為六入,或六入處,即指六根)和「觸」
(指根、境、識三者和合所生之眼觸乃至意觸等六觸身,也就是根境識三者和合的
感官、知覺作用)。參林朝成、郭朝順:《佛學概論》(臺北市:三民書局,2000
年),頁64-73。

22 金儒農:《九○年代台灣都市小說中的空間敘事》(嘉義市:國立中正大學臺灣文學
研究所碩士論文,2008年7月),頁80。

王德威曾感嘆地提出「面對死亡，書寫還可能麼」的質疑[23]，但李昂在這裡正是透過此一悼亡／書寫的過程召喚死者，也同時感悟到不執著於妄念和死生之相的人生體悟。據此，所有飲食與生死的存在辯證也就在此消解。而就李昂的創作歷程觀之，《鴛鴦春膳》承續《殺夫》隱藏的因果輪迴觀，更進一步將佛學思想深化，爾後在《七世姻緣之台灣／中國情人》就將男女主角置入中國民間傳說的七世輪迴中，對於兩人無法結合的情愛，李昂就大量詮釋佛教對「空」的體悟，最後男主角意外身亡後，更細膩的描述女主角在上師誦念聲中為他默禱消解一切業障孽緣，以求解脫輪迴以入菩薩道的佛學思想；到了二〇一一年《附身》則寫的全是眾主角們的因果輪轉。可見李昂將佛學思維承上啟下並進一步展開深化的作品正是《鴛鴦春膳》。

三　飲食與死亡下的情慾

聚焦在飲食與死亡這兩大元素的《鴛鴦春膳》，李昂仍精心結合情慾的議題。眾所皆知，情慾書寫是李昂創作中無法避之不談的經典議題。自六〇年代《花季》系列細膩刻畫少女的性幻想與恐懼，王德威就以為全篇充滿意淫的象徵與個人式的思春告白[24]。八〇年代後以《殺夫》驚動文壇，再由《暗夜》（1985）、《迷園》（1991）一路挺進，爾後遭對號入座而備受爭議的《北港香爐人人插》（1997），就分別揭示性暴力、性醜聞以及女性情慾和政治、國族間繆轕關係的性議題。而這本遙祭父親的作品，在飲食中加入大量的死亡元素，李昂更

---

23 王德威：〈我華麗的淫猥與悲傷──駱以軍的死亡敘事〉，收入駱以軍：《遣悲懷》（臺北市：麥田出版公司，2001年），頁7-30。
24 王德威：〈性，醜聞，與美學政治──李昂的情欲小說〉，收入李昂：《北港香爐人人插──戴貞操帶的魔鬼系列》（臺北市：麥田出版公司，1997年），頁11。

巧妙地將情慾議題與飲食文學結合。在東方，早有《告子》「食色性
也」的揭示；在西方，伊莎貝・阿言德（Isbel Allende）直言「春膳
是連結貪吃和好色的橋樑」[25]。《感官之旅》則指出我們吃的蘋果或
桃子，其實吃的是水果的胎盤，且食物是由植物或動物的性行為而產
生[26]，由此更廣義的以為，任何食物都可以看作有催淫功效。

一般說來，春膳大多透過外型的類比以強調壯陽的功效，所以中
國自古以來就有「以形補形」的說法。在這樣的認知下，各種動物的
生殖器，如睪丸、鞭物；抑是長得像男人陽具的根莖類植物，如茄
子、人蔘、蘆筍，據傳都有助性的春效，以圖謀「吃後的持久力，可
讓男人筋疲力盡仍欲洩不能」（〈春膳〉，頁129）。陽器要以愈大愈勇
猛的動物愈好，百獸中以虎鞭為上品，但得來不易，因而有了牛鞭、
狗鞭、鹿鞭的次要選擇，不過，還是以最易取得的雞睪丸是為平民春
膳的首選。將雞睪丸放在沸湯裡慢火燙熟，咬入口的腥羶味乃因此道
菜是煮熟的精液。以高溫熬煮雞睪丸，無疑是將精液中的精蟲燙死，
倘若精蟲不死，則有孕育新生命的可能，於此再度演繹了死生二者的
弔詭。另一道功效神似睪丸，則是吃將孵出的鴨蛋，蛋未孵出就下
肚，無疑是扼殺了已經成形的小鴨的生命，李昂就描寫其未能出生就
死亡的慘狀：

> 能生吃更好，在鴨蛋上方打開一個洞，小湯匙挖下去，淺淺蛋
> 白裹著將要孵出已成型的鴨胚，挖上來湯匙內會是半截尚卷曲
> 的鴨胚，頭清楚可見，被挖殘了的身軀有的部位還已經開始長
> 出嫩毛。那個腥臭，就不是雞睪丸能及於萬分之一了。

---

25 伊莎貝・阿言德（Isabel Allende），張定綺譯：《春膳》（*Afrodita. Cuentos, Recetas y Otros Afrodislcos*），頁26。

26 黛安・艾克曼（Diane Ackerman）著，莊安祺譯：《感官之旅》（*A Natural History of the Senses*），頁126-127。

> 不敢吃生的？煮過也可就是功效差些。煮後像剝鴨蛋，蛋殼可
> 順利剝盡，一顆熟鴨蛋但青青黃黃黑黑一坨坨，真是心懷「鬼
> 胎」的不潔，深藏著骯髒至極的罪惡。（〈春膳〉，頁130）

成形的鴨胚已具足生命，但男性為了達到壯陽的春效，不惜生吃已捲
曲且長出鴨毛的鴨身和清楚可見的鴨頭，這不是殘害逐將成形的生命
嗎？或是將鴨胚煮熟後享用，如此吃食的不也是雛鴨的屍體？難怪李
昂會以為此道春膳極具一種骯髒至極的罪惡感。無論是哪一道春膳，
顯然可見男性向外尋求外物以求超越的心理。然更值得注意的是，不
論男人「以形補形」是否真能補足男性陽具的效能，李昂以其一貫消
解的手法[27]，在行文中的括號不斷出現的「怎麼就不見了啊？」的疑
惑與質疑[28]，意指即使有再多死亡的動物成為男性口舌的春膳，但不
管再怎麼壯碩堅挺的男性陽具，最終還是會軟軟趴伏下來，成為女性
把玩在纖纖細手中的另類玩物，當它迅急的小下去後甚至感受不到它
的存在，所以才會有「怎麼就不見了啊？」的驚呼。由此，李昂欲表
達的是：既然最後都會不見，那麼何需費盡心思吃食尚在形成生命的

---

27 對於小說中大量使用括號的寫作策略，施淑以為：「藉著語言的虛構能力，李昂在
   故事人物第一人稱私密性獨白的基礎上，不斷插入不同層次、不同性質、不同語勢
   的格言議論，極盡能事地干擾、嘲弄、解消小說意義的進行和發展。」詳見施淑：
   〈迷園內外〉，收入李昂：《李昂集》（臺北市：前衛出版社，1992年），頁9-12。
28 在〈春膳〉一篇中，共出現六次括號的「怎麼就不見了啊？」詳見李昂，《鴛鴦春
   膳》，頁128-163。另，對於李昂在《鴛鴦春膳》大量的出現（），葉衽榤以為這是作
   者透過不斷的喃喃自語或是與文本對話，是一種後現代式的表現。一方面逼迫讀者
   聽取作者（或是敘述者）對於食與色的意見；另一方面在不斷的逼迫思考與逼問之
   中，讀者就參與了這一場飲食、情慾、政治間的華麗冒險，並與敘述者、作者一起
   玩起遊戲。參葉衽榤：〈世紀初的華麗——李昂《鴛鴦春膳》中的食色宰制〉，《國
   立臺北教育大學臺文所咱仔店電子報》第四期（上），臺北市：國立臺北教育大學
   臺灣文化研究所，頁13-16。來源：http://taiwan.ntue.edu.tw/info/recruit.php?Sn=203，
   2017年2月7日瀏覽）。

鴨胚或雛鴨以達春心蕩漾的慾望？相對照於物質匱乏的社會，《鴛鴦春膳》和《殺夫》以食物交換身體的原始慾望層次一樣，同樣表現出慘澹恐怖的生命圖像。

有趣的是，李昂在此指涉男性吃食再多春膳，陽具最終也是軟軟趴伏的結果，無疑嘲弄了向來將壯陽的希望寄託在春膳上的男性；再從陽具最終只不過成為女性掌中把玩的玩物顯見，女性其實並不怎麼在意尺寸，這無疑顛覆了女性的陽具崇拜說。在典型的父權社會中，男性普遍都對他自身生殖力的象徵物－陽具－執著不忘。《迷園》有一幕寫的就是男性要女性跪倒在他勃起的陰莖跟前。據此，在陽具象徵的父系社會中，男人企圖以各種壯陽仙丹維護男性的自尊，護衛陽具的力量，一如護衛權力。不容否認的是，身體本是社會權力最強制性執行的場域，因之男人恐去勢的心理反映他恐失勢／失去權力的心態，而擁有陽具便形同佔有權力。換言之，男人吃春膳壯陽，亦是藉此以增加權力的強度；李昂在訪談時即表示小說以「鴛鴦」為名，乃是取其成雙成對的意象，象徵權力與食物兩者都是最好的春藥[29]。但在不管吃再怎麼法力無邊的春膳最後都還是會不見的結果，除了是害怕權力的喪失外，更大的恐懼是：最終生命也將消逝不見。那麼，又何須眷戀權力呢？

吃再多的春膳，生命終究會「不見」，「過多的性事已淘空虛泛了身子，再補下去只有死得愈快。」（〈春膳〉，頁 137）可見春膳入肚，反倒是將自己推向死亡的深淵。小說中另一個對死亡的描寫，李昂提及每個新婚的處女在初夜被耳提面命的教導，不是如何迎接將臨的性事，而是如何將男人從性事的死亡——「馬上風」中搶救回來：

---

29 〈鴛鴦春膳李昂以食物談性與權力〉，《中央社》，2007年8月28日。（來源：http://city.udn.com/board/index.jsp?gid=12&pno=35&tpno=&f_ORDER_BY，2017年2月7日瀏覽）。

> 萬一壓在身上的男人（大半也一樣是不經世事的處男）突然停
> 止擺動，趴在自己身上不動、昏死過去。
> 趕快推開男人起身呼救？通常不方便而且可能耽擱。更可能的
> 是男人的命根子卡在自己體內，根本拔都拔不出來。
> （怎麼就不見了啊？）
> 立時應該作的是拔出髮髻上插的髮針（簪子，常以銀打造，叫
> 銀簪子），摸到男人臀部肉最多的地方，一針狠狠的刺下，絕
> 不能手軟。
> 男人便會悠悠的醒來，而且，命根子這時會軟下來，方能順利
> 的拔出。（〈春膳〉，頁 132）

洞房花燭夜原本是情慾歡愉滿足的人生一大樂事，竟然有可能演變成
搶救死亡大作戰的劇碼，尤其當男性的陽具挺立不洩時更是危險，只
有軟趴無力時才能順利拔出救回一命。陽具向來是掌握權力的象徵，
那麼，一個汲汲營營想要擁有權力者，其實正是一步步將自己推向死
亡的深淵。而李昂在《鴛鴦春膳》中僅以春膳隱喻了男性與權力關係
的意圖，到了《路邊甘蔗眾人啃》（2014），李昂就明確表態「寫作這
部小說，基調是男人的權力與性」[30]，相隔近二十年以呼應《北港香
爐人人插》，並以一種最裸露直白的筆法道盡男人在爭奪權力與性兩
者間的關係。

　　那麼，女性呢？同樣操演「食色性也」，《殺夫》描繪的是低下階
層男女對於食物與身體中原始而基本的慾望；但《鴛鴦春膳》則是以
高級知識分子的女作家為敘述主體，在跨國的空間移動中開展一連串
飲食與情慾的華麗冒險。至於飲食與死亡對於女性情慾的書寫，可由

---

30 李昂：〈虛構的小說〉，收入李昂：《路邊甘蔗眾人啃》（臺北市：九歌出版社，2014
　年），頁13。

〈珍珠奶茶〉一篇中窺見箇中堂奧。在看似敘寫千惠表姐愛情故事的表徵下，除了顛覆童話中王子與公主的幸福結局外，實質上隱含了飲食、情慾、死亡、空間移動與自我探索等元素。小說中那位不食人間煙火為情而奔的千惠表姐，在導遊丈夫因空難罹難及外遇的繪聲繪影後，遂返回娘家以創意糕餅振興家族企業「十美堂」，最為膾炙人口的品項是她親手製作的結婚蛋糕。在主導十美堂成功轉型後，爾後淡出隨即展開耽溺於嗜食具咀嚼口感的甜品、新鮮辣椒和香檳的跨國旅行。飲食與旅行的見聞，在李昂的《愛吃鬼》中有精彩而誘人的書寫，這本散文也是用來獻給愛吃的父親，只是在《鴛鴦春膳》中再加入了情慾的元素。有意思的是，表姐所膩愛的食物幾乎都具有催情的效果，顯然與孀寡的身分十分不搭調。其中相應合的是，產自法國香檳區的氣泡白酒是由一名金融家寡婦於一八〇六年所研發製造的，香檳酒味清淡而氣泡多，不假思索就可飲盡，其後勁要比葡萄酒足，這是氣泡促使酒精快速進入血液的緣故。因此，香檳被認為是一種「女性酒」，因為一般認為它比較能挑逗女性的情欲[31]。李昂就勾勒千惠表姐啜飲香檳時恍若高潮的形貌：

> 隨著輕口啜吮，那甦醒了的香檳引帶更沉的沉醉，潮紅、煥發的艷色來了千惠表姐的臉面。
>
> 沒有太多機會接觸老酒，王齊芳偶陪著表姐喝老香檳，都無法不感受到那酒老了其中有著一種絕對的抵死纏綿，盡其一切卻又極其深沉的糾纏，足以沒頂的魅惑。（〈珍珠奶茶〉，頁 111）

---

31 此寡婦名叫芭芭拉・妮可・彭莎定（Barbara Nicole Ponsardin），夫家姓柯里夸（Clicquot），她將從亡夫繼承的財產，都用於發展他的葡萄園發展香檳，使「柯里夸酒韻」（Veuve Clicquot）之名傳播全世界。伊莎貝・阿言德（Isabel Allende），張定綺譯：《春膳》（*Afrodita. Cuentos, Recetas y Otros Afrodislcos*），頁204。

面色潮紅、抵死纏綿、沒頂的魅惑，一一指向歡愉時的感受。可見香檳雖不以催情為釀製的動機，但卻有催情之實；至於辣椒這種列屬於禁忌的香草，也同樣具有催情的作用[32]。而不論是辣椒還是香檳，都具有包覆味蕾的快感：

> 迷陷於辛辣給予的強烈刺激，那該是極致的快感與苦、甚至是痛，方願意讓出味蕾讓辣椒去獨佔。(〈珍珠奶茶〉，頁107)
> 碎在唇舌之間一如灑落滿天的星星，撞擊、暴動、搖盪、挑起最深切的味蕾感官，呼應勾起可是自體內湧現的愛慾。再等待著一張最纖敏的唇舌嘴去觸探、包覆、去吞嚥。
> (她吞下的可又是她自己？)(〈珍珠奶茶〉，頁110)

與「珍珠奶茶」所具有的Q軟口感一樣，吸吮香檳與嗜食辣椒都得以滿足佛洛伊德所謂「口腔期」的慾望。也就是透過口腔部位的吸吮、咀嚼、吞嚥等活動獲得性慾的滿足，在味蕾舌間感受一種翻嚼飽滿的極致快感與抵死纏綿感受。至於甜品雖非催情食材，但是從表姐從不間斷的嗜吃甜食，並將各種口味的甜食食材（巧克力、水果、芝麻、紅豆）比喻成愛情可供肢解的男性，且已無法由單一甜品獲得滿足，由此指涉她孀寡後永不饜足的情慾的意圖十分明顯。除了在享用催情食物時感受愛慾的滋味外，表姐還從做蛋糕的過程中享受如同做愛撫慰般的觸覺：雙手揉捏麵糰一如愛撫的姿態，生麵糰的發酵膨脹猶如不斷壯大的陽具。我們或許可以說，千惠表姐就在口舌與想像間完成了情慾的自體滿足，以獲致抵死纏綿的感受。

---

32 伊莎貝・阿言德（Isabel Allende），張定綺譯：《春膳》(*Afrodita. Cuentos, Recetas y Otros Afrodislcos*)，頁204，頁78。

　　在千惠表姐的故事中，我們還有另一層發現：只有在男性死亡／缺席後，女性才得以一展所學，發掘自我的存在，進而顛覆翻轉女性向來是為邊緣的身分，躍升成為家族發展的中心。我們不難想像千惠的導遊丈夫若仍活躍於臺灣旅行業界，她永遠只能是那個等待附屬的女人，那麼也就無從發揮她擅做糕點的長才，也就不會有重振十美堂榮景的傳奇。再自父親過世後，千惠表姐才開始密集的旅行。在不斷行旅的空間轉換中享受獨特的愛情：在旅行中存有，也於旅行結束後結束。於飲食上則獨獨鍾情於老香檳的啜飲，除了是味蕾的滿足外，還有的是得以掌控時間的快感以及對青春逐漸逝去的恐懼：

> 年紀，特別是對女人，與芳香，是否都是這種最後稍縱即逝的美好？然一如那老香檳可以變身頂級白酒，千惠表姊是不是也從中克服了逐漸老去的年華恐慌，得到新的鼓舞？（〈珍珠奶茶〉，頁 113）

時間流逝的盡頭就是死亡，而青春漸逝後緊接著來的也正是死亡。有意思的是，孀寡者並不擔憂男歡女愛如何可能，因為可以從飲食中獲得欲仙欲死的自體情慾滿足，反倒更憂心於青春年華的逝去與死亡的隨之而至。因此，女性透過啜飲各種年份的香檳，除了享受抵死纏綿的感受外，更重要的是得以擁有掌握時間的快感並克服面臨死亡的恐懼。尤其伴隨年紀增長的體力衰退，讓行過中年的李昂心生恐怖之感，在父親法會上誦讚〈普賢警眾偈〉「是日已過，命亦隨減」中思考時間、死亡、生命等議題[33]，當她驚覺時間的不可逆以及青春流逝

---

33 李昂面對記者訪問時坦承：「隨著我年紀增長，會想起很多過去不曾想起的，像時間、死亡、生命⋯⋯對年輕人來說很遙遠，對我來說卻很切身，和我的人生階段很有關係，那些政治社會，大波浪早已走過了。現在的李昂，倒會對哲學性的東西多

後隨之將來的健康崩毀而焦慮不已，也因此不得不承認死亡對生命及體力的威脅。

除了男、女的情慾區別外，李昂還進一步透過飲食寫到後現代社會的多元情慾發展。李昂以著名的中國春膳套菜「百鳥朝鳳」指涉二女一男的性愛遊戲，此春膳在《愛吃鬼》中有更詳盡的描述[34]。隱涉同志議題的此道套菜，乃是先將白色豬肚剖開露出完整的烏骨雞，再畫開雞肚後赫見數十個禾花雀鳥頭，當一口咬下鳥頭後，「白色腦漿迸放噴出」、「滿嘴滿唇滿舌帶腥白色濃汁」（〈春膳〉，頁 152）的畫面十分嚇人。有趣的是，此處的 3p 顛覆了男性的主導地位，反倒寫出了女女相戀的慾望滿足：「只要她們願意而且喜愛，她們同樣能進出彼此，她們相同的器官、熟知並更能命中其間的要害」（〈春膳〉，頁147），同性間的愛慾反倒更能直扣心弦。眼尖者一定也發現，《鴛鴦春膳》在另一處還隱藏了同志的議題，那兩個被二嬸毒打一頓並連夜趕出齋堂的齋姑，雖然最終沒有說破她們犯了何罪，但從是「最見不得人的羞恥」（〈素齋〉，頁 257）可推知，兩名齋姑極可能因女女情誼而被逐出齋堂。在同志文學尚未流行的七〇年代，李昂就寫下臺灣第一篇女同志文學——〈回顧〉（1972）[35]，爾後的〈莫春〉（1975）一篇更引起衛道者的撻伐。既之而起的〈禁色的愛〉（1989）、《花間

作思考。」又說：「我愛去旅行，年輕時去很多地方，可以作辛苦旅行。明顯身體的改變令你發現這個問題，是年輕人如你，絕對想不到的，現在『很恐怖』啊！」詳參李卓賢：〈李昂既美鴛鴦 又美春膳〉，《香港文匯報》C2副刊，2007年12月24日。

34 此道春膳套菜係由臺中學士路上「將軍牛肉麵」的張北和所料理。李昂形容這道「百鳥朝鳳」淺淺綠色的湯汁，濃郁香甜，飲用後真的感到春心蕩漾。參李昂：〈春膳春事〉，《愛吃鬼》，頁190-194。

35 紀大偉，《正面與背影——台灣同志文學簡史》（臺南市：國立臺灣文學館，2012年），頁69。附帶說明的是，若就李昂的自我認知，一九七〇年〈有曲線的娃娃〉就已是一篇帶有隱喻色彩的同性戀小說。參李昂：〈自序：走過情色時光〉，《禁色的暗夜：李昂情色小說集》（臺北市：皇冠文化出版公司，1999年），頁4。

迷情》（2005）也都揭露的同志書寫的論題。《鴛鴦春膳》則在同志書寫加入 3p 更顯多元，透過異性的參照，也更凸顯同性情慾的歡愉。

令人納悶的是，既然父親不喜歡這一類談論情慾的作品，那麼作為獻給父親的此部小說，李昂為什麼還要寫入呢？總是書寫禁忌題材的李昂屢獲罵名，久居民風純樸鹿港的父親除心疼外，也不能諒解。但在此書中，李昂就透過飲食與死亡的軸線，再度重申她的創作並非單純書寫情慾的禁忌而已。《鴛鴦春膳》重回《殺夫》「食色性也」的主軸，而李昂在此指出男性喜食春膳，表現上為了壯陽，實際上是為了掌握權力，道出臺灣社會向來男主女從的社會現象，也由此衍生淪為客體的女性找不到自我存在感的問題。因此，《殺夫》中飽受壓迫的女性必須發瘋，才能無謂世俗而殺夫；《鴛鴦春膳》中的女性必須在男性缺席後才能建構出自我的主體性。李昂向來關注女性議題，由食色故事所指向更大的社會問題，不只是為了「一再挑釁，也挑逗，社會道德的尺度」而已[36]。她絕非刻意標榜社會所謂「黑暗面」，但卻以為一個作家考慮自身與世俗道德或利益的衝突，而放棄勇於反映與表現真實的責任[37]，反倒才是真正的不道德。

正是希望能透過這些小說指出背後的社會脈動與問題，藉此引起注意或正視。李昂曾表示，一九七四年以大學校園的性問題發表〈人間世〉，當是被所有難聽的罪名辱罵；一九七八年自美國回來，〈人間世〉裡呈現的問題已被接受來談論與謀求解決[38]，《暗夜》（1985）寫出資產階級紊亂的男女關係，同年出版《外遇》，寫下當時對臺灣社

36 王德威：〈性，醜聞，與美學政治——李昂的情欲小說〉，收入李昂：《北港香爐人人插——戴貞操帶的魔鬼系列》，頁10。

37 李昂：〈我的創作觀〉，收入李昂：《暗夜》（臺北市：時報文化出版企業公司，1985年），頁182。

38 施淑端：〈新納蕤思解說——李昂的自剖與自省／施淑端親訪李昂〉，收入李昂：《暗夜》，頁176。

會的觀察，即使她果真刻意挑戰社會道德與禁忌，但更重要的毋寧是她提出問題，進而希望能改善社會問題的書寫意念[39]。不容否認的是，李昂總是在小說中引領風騷的禁忌話題，果真在日後都成為社會上不得不關注的性別議題。如《殺夫》中的「家暴」情節就是當今全世界女性的重大議題[40]。對於這樣一個「問題意識強烈的作家」[41]，其寫作意圖並非單純的飲食散文《愛吃鬼》可以達到的。誠如吳錦發在細讀李昂的小說後，反倒為她描寫的「性的世界」而感動，因為他明白李昂在這些大膽情慾書寫的表相背後有一個遠大的企圖：希望藉此探討情愛與性對於個人與社會造成的種種問題[42]。而李昂在此檢視歷年來創作情慾主題的成果，更在《鴛鴦春膳》中向內觀照自身的存在感，由此感受到身為一個作家的存在價值；更重要的是在藉此以明志的創作中遙祭父親。

四　飲食與死亡下的政治

　　李昂於序中標註《鴛鴦春膳》完成於「二〇〇六年底於臺灣臺北政治最混亂的時刻」（頁10），二〇〇六年，時值民進黨執政第六

---

39 李昂：「能對人有幫助、能提出一個值得討論的社會問題，並試著盡最大的能力去解答、提出對策，一直是我生活中的重大目標。……寫這樣一本書是希望對廣大的社會大眾有用。……『外遇』裡探討的雖然是外遇問題，對家庭已經產生變化者，對介入第三者自然會有所幫助。對家庭尚未出現問題者，學者專家的意見，未嘗不是能健全自身、防範未然的好建議。避免悲劇的發生，也是我的期望。」參李昂：〈為何要寫外遇〉，《外遇》（臺北市：時報文化出版企業公司，1985年），頁3-4。

40 李昂：〈黑暗的李昂vs光明的李昂〉，收入江寶釵、林鎮山主編：《不凋的花季：李昂國際學術研討會論文集》，頁29。

41 施淑：〈迷園內外——李昂集序〉，收入施淑、高天生主編：《李昂集》，頁10。

42 吳錦發：〈略論李昂小說中的性反抗〉，收入施淑、高天生主編：《李昂集》，頁280-296。

年，民間發起大規模反貪腐的倒扁行動之際，隱然揭示此書不同於前作僅一味批判國民黨的風格。李昂以兩個不同政權的「國宴」菜色為對照，從蔣氏的威權政治寫到二〇〇〇年第一次政黨輪替由民進黨執政後，主要述及二二八、白色恐怖、美麗島事件及二〇〇四年總統大選的選前夜刺殺案和紅衫軍等重要的政治事件。

　　自一九四九年進入戒嚴時期，在「保密防諜，人人有責」的時代，國宴中呈現的十二道菜名，都無法由字義上猜測出究竟是什麼菜。只是這些穿金戴玉的菜名，出現在那個普遍仍貧窮的臺灣社會，除了十分神奇奧秘難以想像外，也揭示出官方與民間仿若兩個世界。但有趣的是，當菜名以外文顯示時卻明白可見是由何種食物烹調，這十二道菜詳列如下：

五福臨門錦繡盤　Assorted Cold Dish

錦上添花慶圍爐　Shark's Fin Soup

龍飛鳳舞迎新春　Sauteed Lobster with Diced Chicken

和氣生財大好市　Braised Dried Oysters with Seaweed

代代平安好福氣　Stewed Tofu Skins with Stuffing

牛轉乾坤行大運　Stewed Beef Tendons

年年有餘滿華堂　Sweet and Sour Fish with Lotus Seeds

長命百歲富貴菜　Mustard Greens in Chicken Soup

一團和氣金元寶　Dumplings Stuffed with Fish Meat and Vegetable

年年高昇好彩頭　Chinese New Year Radish Cake

全家團圓樂陶陶　Glutinous Rice Ball Soup

大吉大利慶豐收　Fruits in Season（〈國宴〉，頁 172-173）

自英文反過來中譯，即可知這十二道料理分別為：什錦拼盤、魚翅湯、炒龍蝦雞丁、紫菜燉蠔、燉豆腐、紅燒牛蹄筋、蓮子糖醋魚、芥菜雞湯、魚肉蔬菜餡餃子、蘿蔔糕、季節水果。這些食材並非珍貴的難以取得，但從中文卻什麼也看不出來的相對應下，這是否暗示著，當一九五四年臺灣與美國簽定「中美共同防禦條約」，雖然獲得美方在武力與經濟上的援助，但另一方面在維護西太平洋和平的前提下，協議「任何此項武裝攻擊及因而採取之一切措施，應立即報告聯合國安全理事會」[43]，意即未經美方同意，中華民國政府不得以武力「反攻大陸」，顯然反共復國的大業早難以實現。因之，當臺灣島內還在高喊「反共抗俄、殺朱拔毛」，對重返中國大陸仍懷抱希望時，是否猶如國宴菜名一樣是自我蒙蔽？在全球冷戰的局勢下，自海外觀看兩岸的關係，就能清楚得知國民黨政權已經失去了回歸大陸故土的可能。

雖然不清楚菜色，但唯一流傳的奇特傳言是：「『國宴』裡所有的魚是不准有魚頭的」（〈國宴〉，頁180）。並非因一隻魚只有一個頭無法公平分配給各國的元首；乃是因為若採用新鮮的活魚蒸煮，上桌後其貌不揚的魚頭十分慘烈，擔心會因此驚嚇了座上賓：

> 那上桌在盤子裡的魚頭有兩隻翻白的眼珠，煮熟了的魚是否魚眼爆出，是觀察是否活魚現殺現煮的重要指標。被剖腹取出腸肚的魚還能活著，等到被置入滾水燒旺的鍋中，高溫的水蒸氣衝入魚的眼珠，啵的一聲爆出活魚的雙眼，不整齊的掛在眼眶週遭。

---

43 參「美國在臺協會」，（來源：https://www.ait.org.tw/zh/sino-us-mutual-defense-treaty-1954.html，2017年2月7日瀏覽。）

　　　活魚在滾燙的水蒸氣中扭動，也會使魚身與魚頭略有參差。
　　　（〈國宴〉，頁181）

一隻頭尾扭曲不平的魚身、翻白魚眼珠爆出後掛在眼眶四周，仿若屍首異處、面相猙獰的死者，國宴上因而有不許有魚頭的禁忌。然而，對於在國宴中權傾一時的國君，李昂不禁反問「能在此成為座上客，不也都經過一路血腥的殺戮！真是眼珠爆出的魚頭會嚇著他們？」（〈國宴〉，頁181）自國共內戰戰敗後，蔣氏政權來臺即施行唯我是從的戒嚴令，白色恐怖時期的死傷者無數，這些屠殺異己而取得政權者，這些以他人的死來成就自己霸主地位的領導者，怎麼會因一隻面目猙獰的魚頭而飽受驚嚇。但不可否認的是，不管再怎麼樣不願意死亡，叱吒風雲的領導者和餐桌上的魚一樣最終都難逃一死。但蔣氏父子死後卻不願安葬在臺灣，以暫厝的方式放置龍穴中，必須「在屍身上打四個洞，以利抽出體液打入防腐劑」（〈國宴〉，頁182）以保存屍身。原使用在食材保存防腐的技術，竟然也在人體上採用，但不能入土為安也就不能安身立命的結果，終究無法確保後代子孫得以千秋萬世的統治，歸返大陸的心願始終也未能實現。

　　在蔣氏啟動戒嚴體制的初期，為了達到官民齊心反共，臺灣就進入了思想箝制的肅殺時代，凡是對官方政策有異議者，就冠以思想反動的政治犯之名，擒入牢中予以思想改造，早在傅柯的《規訓與懲罰》一書中就指出，監獄被設想或被要求成為一種改造人的機構，犯人受到當權者極其嚴厲的全力控制，那些權力強加給監禁者各種壓力、限制或義務，是一種在法律體制中剝奪自由以改造人的機構，以便於政府合法的霸權式管理[44]。戒嚴時期的禁閉年限常遙遙無期，且

---

44 傅柯（Michel Foucault）著，劉北成、楊遠嬰譯：《規訓與懲罰》（*Discipline and punish: the birth of prison*）（臺北市：桂冠出版社，1992年）。

隨時有被槍斃處死的可能。對政治犯來說，飲食與死亡共存的空間，就在警備總部軍法處的牢房裡。受國際矚目的〈牛肉麵〉一篇[45]，故事底本最早見於李昂於一九九三年出版的《施明德前傳》[46]，這也是李昂所撰的第一本也是唯一的一本傳記文學。〈牛肉麵〉此篇為施明德曾經親歷親述的巴士底監獄的經歷。巴士底監獄關的全是政治犯，他在獄中有次吃牛肉麵，發現對面的牢友盯著麵看；他知道這位牢友無閒錢吃麵，便想為他叫一碗麵。隔天，他因小事忘了點麵，沒想到再過一天，牢友就被槍斃了[47]，我以為作者由牛肉麵在此所展開的死亡敘述，有兩個不同的層面。

首先，是對時間的思考辯證。因為時間的延宕，沒讓牢友「吃飽上路」，對一個死囚而言，時間本來沒有任何意義，但弔詭的是，此憾事的造成，卻又顯明源自於時間的來不及；由此我們可以肯定的說，作者在面對此一死亡故事時反倒是回到自身，對自我的存在和離死亡越來越近有更深刻真實的體悟。其次，由牛肉麵展開政治上的批判，指控政治型態的無所不入[48]。施明德觀察指出對面的這位牢友之所以如此想吃這碗牛肉麵，是因為麵裡可以加辣，從這項飲食偏好所指向的身分引起了作者的質詰：

---

45 〈牛肉麵〉部分片段由法國巴黎 le Théâtre de l'Opprimé 劇團於二〇〇七年改編為舞臺劇演出。

46 另可見施明德：〈一碗牛肉麵〉，《狂熱的革命者》（臺北市：遠見天下文化出版公司，2002年），頁59-62。於此書中，施明德言明此牢友為中國共產黨的大尉黃祖堯（越南華僑），來到臺灣本欲當反共義士，卻因「自白不清」，淪為死囚。

47 陳宛茜：〈李昂鴛鴦春膳出版施明德入味〉，《聯合報》A10（文化版），2007年8月29日。根據《施明德前傳》所載，當天要登記牛肉麵時，施明德正蹲在馬桶上，不好意思坐馬桶上大聲嚷嚷，因此錯過登記。參李昂：《施明德前傳》（臺北市：前衛出版社，1993年），頁86。

48 石曉楓：〈口舌，及其之外的慾望流轉──李昂《鴛鴦春膳》評介〉，《文訊》266期（2007年12月），頁98-99。

嗜吃辣的政治犯難友，其實標識了他來自的不同地區，他一定
是一九四九年，方跟隨來統治的國民黨政權前來台灣。

（他應該是國民黨帶來的「自己人」！怎麼會也被判處死刑？國
民黨整肅的，不該都是島上的「異己」？）（〈牛肉麵〉，頁 76）

從政治犯所叫的牛肉麵有辣的和不辣的區別，由此指涉國民黨政權的
獨裁政權。吃辣的高喊「打倒萬惡的國民黨」，與不吃辣的大聲疾呼
「臺灣獨立萬歲」，都不見容於蔣氏政權。易言之，凡是未順從國民
黨的反共方針者，無論省籍，一律順我者昌，逆我者亡，二二八大屠
殺事件正因此霸權心態而發生。小說中的父親曾因二二八事件而遭捕
捕，也述及鹿城世家施江南一家因此而家破人亡[49]；最後有驚無險被
釋回的父親選擇從此不談政治，也不願學習漢民族的「國語」：北京
話，由此表示對國民黨政府領導的中華民國並不認同。

　　對於極權政治，也有採取激烈手段者。〈Menu Dégustation〉發生
的背景在二〇〇四年的法國巴黎，從關注國內總統候選人遭槍擊的政
治紛爭中回溯八〇年代同樣震撼臺灣社會的自焚抗議事件。小說的敘
述對於這位自焚者幾乎可對號入座，但真實事件中的當事人已於一九
八九年自焚時就身亡[50]，絕無法參加二十一世紀的和平會議，而虛實

---

49 施江南於一九三〇年獲得京都大學的醫學院博士，是繼杜聰明之後或醫學博士的第
　二位臺灣人。二二八事件時擔任「二二八事件處理委員會」的委員，但卻在三月十
　一日在家被持槍軍人強行押走後，消失。參李筱峰：《二二八消失的台灣菁英》（臺
　北市：自立晚報社，1990年），頁126-129。

50 一九八九年的自焚者有兩人，一是四月七日鄭南榕於《自由時代周刊》雜誌社的辦
　公室，當時警方向雜誌社發動攻堅行動。另一是在鄭南榕出殯日（5月19日）於總
　統府前自焚的詹益樺。關於小說中的自焚者是誰，有研究者提出不同的看法。洪珊
　慧以為李昂在此是綜合了彭明敏、盧修一、鄭南榕等人物，意圖塑造一個完美理想
　的民主政治人物。參洪珊慧：〈透視飲食書寫──李昂《鴛鴦春膳》的身體、旅
　行、國族與歷史論述〉，收入江寶釵、林鎮山主編：《不凋的花季：李昂國際學術研

相生的真真假假以及無須考證對錯，本就是小說此一載體的迷人之
處[51]。八〇年代的自焚事件確實是民運人士為追求臺灣獨立訴求的激
烈舉動而震驚臺灣的歷史事件，本文以為若取其被當時的黨外人士皆
尊自焚者為「神主牌」，其追求民主精神的象徵，當是虛構自當時被
尊稱為「言論自由殉道者」、「臺灣建國烈士」或者是「臺灣獨立建國
之父」的鄭南榕的形象。李昂就以在和平會議後晚宴的兩道主菜之一
「Champvallon 式 Quercy 地區羊排」的料理手法以喻自焚者：

> 那被讚譽羊排內裡最好是 pink，外圍一小圈一定得是全熟，直
> 接被火熱紋身（而且是極度高溫快火），肉色轉沉暗微焦，激
> 情過後的地已老天亦荒。接下來方是不曾直接接觸火熱、但被
> 火力入侵炙熟的一圈，不分明的層次依次遞減色度，從沉暗直
> 到 pink。
> （火熱與焚燒在胴體遍種了密密的突出水泡，像一株飾滿小小燈
> 泡光亮的聖誕樹，然一如那酒花，在璀璨至極的片刻裡，速然
> 破裂斷滅。可火還不會止息，於繼續將肌、膚、血、肉燃至焦
> 黑乾枯前，還會裸露出的是那最美麗最豔色的 Pink……一副去
> 了外皮的稚嫩粉紅色身軀）（〈Menu Dégustation〉，頁 215-216）

燒烤時羊肉由粉紅到沉暗微焦的肉色變化，一如引火自焚者。這樣一

討會論文集》，頁300。邱子修則以為就文本脈絡的時間邏輯判斷，影射的是施明
德。參邱子修：〈從懷舊鄉愁到五味雜陳──李昂飲食小說《鴛鴦春膳》的跨文化
評析〉，收入江寶釵、林鎮山主編：《不凋的花季：李昂國際學術研討會論文集》，
頁288。但後者的說法缺乏說服力，本文較贊同前者的看法。
51 李昂在序言中就說：「由於寫的是小說，關係到小說虛構的個別經驗與記憶，自然
不能死硬的用一般食物的歷史、典故、作法來加以論斷所謂年代、考證、對錯。」
參李昂：〈自序・華麗的冒險〉，《鴛鴦春膳》，頁8。

樁為追求民主不惜以生命付出代價的政治事件，在一九九七年《北港香爐人人插》中的〈空白的靈堂〉一篇就已經述及，只是故事有所轉化。〈空白的靈堂〉中為臺獨訴求而自焚者當場身亡，小說鋪展性、政治、死亡間的繆轕，書寫重點在探討民主運動未亡人的貞操情結。十年後同樣的題材再度入《鴛鴦春膳》，除了讓自焚者逃過死劫外，更重要的是讓當年的自焚者於海外參加和平會議仍被尊為座上賓，卻早已遭國內已握執政實權的同黨同志遺忘的情節的弦外之音。小說中不斷重複政黨輪替後，本是被反對黨尊為「神主牌」的自焚者，在躍身為執政黨後卻徹底被淡忘。如果「神主牌」指向該黨自創建以來即追求民主自由的精神象徵，勢必沒有「過氣」與否的問題，那麼「神主牌」不再被重視與記憶，不正好意指該黨成為權力核心後則忘其根本，主要訴求的民主精神已蕩然無存？作者遂一再發出「如今臺灣平和的過渡到民主，被迫者成了執政黨，那過往辛苦保留的牌位，如今反倒不知流散何方（或還可曾安在？）」（頁 259）的質問。若重回佃農之子當選總統的二○○○年，他以本土菜色入「國宴」，即標榜親民愛臺灣的黨的信念，其中一道「膽肝」更象徵為臺灣人民打拚的一片赤忱：

> 首先要在放血殺豬後立即取出整副豬肝，將血管裡面尚未全然排出的血液放盡，才有空間能容納滷汁進入。否則血管裡的血凝固，大羅神仙也沒辦法了。接下來要灌入特調的滷汁，更要趕快，血管裡面的血一流盡，空了的血管可能會萎縮塌了下來，同樣灌不入滷汁。現在有機器幫浦，一面要抽出豬肝內的血、一面要灌入滷汁並不難。但在以前，作「膽肝」的人便要身懷絕技。靠的是一張嘴，嘴裡含滿滷汁，再一口一口的將滷汁「吹」入豬肝的血管裡。（〈國宴〉，頁 187-188）

將豬肝抽血後灌入滷汁的這道菜餚命名「肝膽」，顯然是取自《史記‧
淮陰侯列傳》中「肝膽相照」的典故。此語為蒯通對韓信諫言時所
言。蒯通以為韓信功高震主，若助劉邦敗項羽，劉邦一統天下後，韓
信必有殺身之禍，故對韓信提出三分天下的建議時，以「臣願披腹
心，輸肝膽」以表對韓信的一片忠誠[52]。但我們更應該關注「肝膽相
照」以後的故事發展：韓信為劉邦取得天下後，劉邦果真削去韓信的
兵權，黜為淮陰侯，最後韓信被呂后以謀反罪名誅殺，夷其三族。顯
見政治上的詭譎多變、人心詭詐自古皆然。當身為反對黨的弱勢搖身
一變為握有實權的執政者後，早已忘卻當年篳路藍縷、披荊砍棘的
「神主牌」精神。白色恐怖執政的「國宴」必須「保密防諜」，所以
無法得知菜色內容，如今到了民選總統的時代，「國宴」的肝膽滷汁
雖為不能外洩的秘法，但作者何以同樣謂之「保密防諜，人人有責」
（〈國宴〉，頁187）？若參照文後「他周圍的重要官員、親近幕僚，
一一涉入貪腐的弊案被告發、判罪，接下來是總統的女婿，最後甚且
連總統的夫人、總統，都被控貪腐」（〈Menu Dégustation〉，頁226）
就得以恍然大悟：要「保」的是民選總統汲汲營營謀取私利以滿足
貪婪慾望的「密」。早自一九九三年，長年關懷反對運動的李昂驚覺
政治是一場將權力鬥爭掩藏在道德口號、島嶼悲情歷史的荒謬騙局
後[53]，遂自政治圈抽身而出，當她以一個「作家」的身分重新看待臺

---

52 《史記‧淮陰侯列傳》：「當今兩主之命，縣於足下。足下為漢，則漢勝，與楚，則
楚勝。臣願披腹心，輸肝膽，效愚計，恐足下不能用也。誠能聽臣之計，莫若兩利
而俱存之，參分天下。」〔漢〕司馬遷，〔宋〕裴駰集解，瀧川龜太郎考證，《史記
會注考證》，卷九十二（臺北市：大安出版社，2007年），頁1044。

53 李昂：「長年關懷的反對運動，在有機會更深入後，發現有時候真是一場權力與名
位利益赤裸裸的角逐。特別是，有些人將權力鬥爭高明的掩藏在道德的口號、島嶼
的悲情歷史之後，更是一場荒謬絕倫的騙局。心境是荒蕪的枯竭……逃離成為必然
的、最後的出路。」參李昂：〈序──涅槃逆旅〉，《漂流之旅》（臺北市：皇冠文化
出版公司，2000年），頁6。

灣的政治生態，自飲食凸顯民主政治已死的寓意，顯然不同於前作單
方面批判國民黨的聲音。據此開啟《七世姻緣之台灣／中國情人》自
全球化重新審視家國的定位，不再執著於臺灣獨立的家國想像[54]，讓
臺灣人民從實有固著的統、獨身分中解放出來，轉而發展出虛寫的國
族想像。

五　結論

　　有別於傳統飲食文學具備誘人色相的書寫風格，《鴛鴦春膳》充
滿死亡氣息。就在飲食和死亡的基調下，本文提出李昂如何將此作獻
給愛吃珍膳異食的已逝父親。李昂戮力將畢生的創作成果入菜，從六
〇年代《花季》系列追求存在感、八〇年代《愛情試驗》、《殺夫》、
《暗夜》、《情書》系列等對女性情愛／慾的關懷、再到九〇年代《迷
園》、《北港香爐人人插》、《自傳の小說》的政治關懷，這三個層面的
創作主題均可見於《鴛鴦春膳》中。李昂自是希望透過這本飲食小
說，讓父親明白她這數十年來的創作是希望通過作家觀察的筆，揭露
社會的黑暗面後，以尋求解決之道或引起社會關注，而非將重心放在
挑釁社會的道德尺度，顯見此作是李昂獻給喜愛美食的已逝父親的成
績單，以慰亡父在天之靈。

　　更重要的是，面對時間的不可逆，且適逢臺灣政治的詭譎多變與
混亂，隨著老邁將至也正是迎向生命大限之際的李昂除深刻感受到死
亡對時間的威脅而展開新的體悟，還有對政治生態的重新評價。準
此，《鴛鴦春膳》可視為李昂創作生涯的轉折之作，除「承上」將歷

---

54 詳參拙著：〈虛寫的國族與愛情──從李昂《七世姻緣之台灣／中國情人》談全球
　化下的家國想像與情愛論述〉，《臺灣文學學報》28期，頁65-92。

年創作成果入菜，更「啟下」開展出不同前期的創作內容，在此書中
呈現出李昂創作趨向的變化軌跡。

虛寫的國族與愛情

——從李昂《七世姻緣之台灣／中國情人》談全球化下的家國想像與情愛論述[*]

一　前言

　　自一九九七年起於全世界四處旅行遍嚐美食的李昂，在頂級色聲香味的表相滿足中，實質內心卻爬滿空虛、恐懼，猶墜入不可測知的深淵地獄[1]。在這樣一個不斷跨界移動所萌生的跌宕心境下，李昂耗費七年寫下一個浪漫愛情故事：《七世姻緣之台灣／中國情人》。這是一部以中國民間傳說的七世輪迴為隱線，採文本互涉的方式，由男女相愛但不得結合的戀情展開兩岸議題的長篇小說。因李昂近年來大量行旅而深切感受到「全球化」的威力，遂在創作中重新看待兩岸關係，以及再次思索身分與認同的問題。

　　李昂的小說向來極具議題的開創性，然出乎她意料之外的是，這部作品在當今兩岸關係曖昧甚或偶有劍拔弩張，尤其此書完成的二〇

＊　本文原發表於「在地與易地——第十一屆東亞學者現代中文文學國際學術研討會」，國立政治大學臺灣文學研究所主辦，2015年11月13-14日。修訂後刊登於《臺灣文學學報》28期（2016年6月），頁65-92。

1　在李昂的自我訪問中寫到：「我全世界性的吃美食……不知為什麼總覺得，在這最頂級的美食饗宴中，心裡總有一個恐慌的漏洞，一個再多的美食、再極致的旅遊、享受，都永遠填不滿的空虛、恐懼。」詳參李昂：〈黑暗的李昂vs光明的李昂〉，收入江寶釵、林鎮山主編：《不凋的花季：李昂國際學術研討會論文集》（臺北市：聯合文學出版社，2012年），頁24-25。

〇八年政權異色，適逢兩岸多年來首次白熱化交流，始終以發掘問題見長的李昂[2]，這次竟未引發預想中的爭議話題：

> 2009 年，我出版了以海峽兩岸為主題的小說《七世姻緣之台灣／中國情人》，因涉及到了我個人重大的政治認同，希望能引起更多的討論，可是小說中的看法很明顯的不符合現今中國大陸、台灣國民黨、甚至是台灣民進黨的「政治正確」。……這是我第一次希望能引起討論，可是我所期待的並不曾發生[3]。

目前可見評論，除了黃錦珠的簡要書評外[4]，僅有廖炳惠〈夢鎖泉漳兩岸情——試論李昂《七世姻緣》的跨地情愛書寫〉一篇，此文從兩岸政商關係切入，探討小說中的跨界「性」[5]。除此之外，尚未見其他論述，史峻預言李昂「在近作中所呈現的流動性應該也很受到歡迎」的現象並未發生[6]，李昂希望引起熱烈討論的期待終究落空。廖炳惠以為此作之所以爹不疼娘不愛，遭打入冷宮的原因是：具本土意識的李昂竟安排臺灣女子主動對大陸男性投懷送抱，向中國官方「示愛」的意識形態乃為外界所不容所導致。但，問題果真這麼簡單嗎？若果真如廖炳惠所論，那麼統派論者必當歡欣鼓舞的歌之頌之，然由

2　李昂：〈新納蕤思解說——李昂的自剖與自省/施淑端親訪李昂〉，《暗夜》（臺北市：時報文化出版企業公司，1985年），頁178。

3　詳參李昂：〈黑暗的李昂vs光明的李昂〉，收入江寶釵、林鎮山主編：《不凋的花季：李昂國際學術研討會論文集》，頁30。

4　黃錦珠：〈收攝於浪漫——讀李昂《七世姻緣之台灣／中國情人》〉，《文訊》283期（2009年5月），頁134-135。

5　廖炳惠：〈夢鎖泉漳兩岸情——試論李昂《七世姻緣》的跨地情愛書寫〉，《中正大學中文學術年刊》總第15期（2010年6月），頁99-109。

6　史峻：〈迷園中的歷史記憶〉，收入江寶釵、林鎮山主編：《不凋的花季——李昂國際學術研討會論文集》，頁42。

「七世情緣」的複雜糾葛關係可以斷定這絕不僅是李昂由綠翻藍的換邊站如此單純而已。如前所述，李昂確實自我意識因全球化而使她對身分認同有不同的對應，而且展現出不符合多方「政治正確」的觀點，因此，自覺站在體制外邊緣位置的李昂，究竟在這部作品開展出什麼樣不同的家國想像格外令人好奇。

在本文中首先要探問的是，李昂這部在二十一世紀因不斷跨界而感受到地球村已然成形所寫下的小說，與她九〇年代表述政治理念的代表作《迷園》、《北港香爐人人插》中的身分認同有何差異？再者，當李昂第一次明確以浪漫愛情小說為題，已足以跌破眾人眼鏡；更令人驚艷的是，此作又有別於她向來大膽露骨的性愛畫面，轉而勾勒神秘靈異的情慾書寫有何託喻的寓意，這也是值得探究之處。當然，這兩種身分是否有相同的指涉，也是本文的觀察重點。這部小說以「七世情緣」的民間故事為框架，以一個四處行旅的女作家為主角，展現出更加多元的空間，不僅有實指的空間流動，還有七世輪迴和冥界的虛級空間。本文即試圖從全球化的流動與虛實的不同空間切入，探討李昂展開什麼樣不同於前作的家國想像和情愛論述，以及兩者間的繫聯性。

二　全球化下的家國想像

身分認同（identity），對歷經多次殖民的臺灣來說，一直都是文學創作者關注的焦點話題。從日治時期輾轉在日本／中國／臺灣的三重身分，到後來的統獨之爭，「一個中國，各自表述」的言論紛躍然於紙上。也曾縱身入政治圈，長期相挺黨外運動且關心社會議題的李昂，自然也在她的作品中披露其政治觀與家國想像；且隨著臺灣政治生態的變化，對家國定位有不同的看法。九〇年代初除了親自為主席

作傳外[7]，也在第一部長篇小說《迷園》（1991）首次托出她的政治心
事和家國想像。

　　《迷園》中的女主角朱影紅憶及父親在菡園遭逮捕，罪名是支持
反國民黨的地下活動。獲釋後因「內心有個小警總」的父親鮮少步出
菡園，猶遭軟禁。雖然小說也寫進「唐山過臺灣」的傳說，並將先祖
溯及中國的歷史尋根，也指出臺灣具有混血文化的事實，但在國民政
府時代朱父不准家人講國語的語言反叛的主張，再從他告誡女兒「臺
灣不是任何地方的翻版、任何地方的縮影，它就是臺灣，一個美麗之
島」[8]，顯然指向認同臺灣本土的家國意識。這在她二年後，也就是
一九九三年參與東京一場會議的發言足以證實：

> 我開始了《殺夫》日文版出版相關的活動。連我自己都吃驚，
> 也幾近全然不曾預料中，在東京大學一次演講座談，當被問及
> 對台灣將來的看法時，我居然不曾思索，但自己感到十分悲壯
> 的回答：「我認為台灣應該獨立。」這是我生平第一次在海外
> 如此公開說[9]。

此臺獨言論一出，李昂本人自覺驚訝，但並不令人感到意外，畢竟她
多年來支持的反對黨運動，臺灣獨立正是該黨的主訴求之一。然隨著
該政黨的逐漸壯大，當她眼見昔日充滿理想色彩的「反對運動」，成
為今日的「政黨運作」[10]，更令人失落的是，有些黨中高層將權力鬥
爭高明的掩藏在道德的口號、島嶼的悲情歷史之後，猶如一場荒謬絕

7　李昂：《施明德前傳》（臺北市：前衛出版社，1993年）。

8　李昂：《迷園》（臺北市：麥田出版公司，2001年），頁114。

9　李昂：《漂流之旅》（臺北市：皇冠出版社，2000年），頁24。

10　李昂：〈新版《迷園》序〉，《迷園》，頁4。

倫的騙局[11]，一向直言不諱的李昂即毫不隱瞞地在作品中道出她參與
反對黨運動的印象與反思。《北港香爐人人插》（1997）的四篇作品，
王德威以為便是對她所協力打拼十年有成的政黨施與內外總體檢，雖
然此時仍支持臺灣獨立的本土論，但「她看出了群眾運動後的鉤心鬥
角，崇高話語（sublime discourse）後的欲望暗流；還有更怵目驚心
的，置身其間的女性所經受的種種身心試鍊」[12]。未料此作一出引燃
的「香爐事件」，沸沸揚揚的對號入座爭議讓李昂身心俱疲，長期處
於低鬱中，所幸在因緣際會下藉會議與演講之名至各國行旅才得以沉
澱，並且因跨界感受到全球化的流動性，在《七世姻緣之台灣／中國
情人》中進行對身分定位的重新思索：

> 身分與認同，不再是少數人、學院、創作者才會面臨到的問
> 題，在這個「全球化」席捲一切的時代。……必然由此回溯到
> 自己的身分與認同問題。是老問題，於我卻有了不同的對
> 應。……作為一個作家，一個台灣作家，於「全球化」、「地球
> 村」中尋找定位，成為我最近幾年思索的方向[13]。

何謂「全球化」（Globalization）？因各種學派不同的主張使得「全球
化」至今仍沒有一個放諸四海皆準、普遍被公認的定義[14]；但其共通

---

11 李昂：〈序——涅槃逆旅〉《漂流之旅》，頁6。
12 王德威：〈性，醜聞，與美學政治——李昂的情欲小說〉，收入李昂：《北港香爐人
   人插——戴貞操帶的魔鬼系列》（臺北市：麥田出版公司，1997年），頁34。
13 李昂：〈序——地球村的台灣／中國愛情故事〉，《七世姻緣之台灣／中國情人》（臺
   北市：聯經出版事業公司，2009年），頁iv-vi。本文徵引該書時，於文末直接括弧
   標明篇名及頁數，不另作註。
14 因「全球化」仍未有明確統一之定義，遂有各派理論家提出不同的見解與爭議。目前
   概可區分成三個廣泛的學派：超全球主義論（hyperglobalizers）、懷疑論（sceptics）

的精神都指向「疆界的瓦解」；此處的「疆界」，意指政治、經濟、社會、資訊、生態、勞動生產與文化過去以「國家」與「地區」為準的固有界線[15]。大抵自二十世紀八〇年代以來「全球化」就成為全世界勢不可擋的發展趨勢，主要表現在經濟、政治、文化等三大面向[16]。而疆界的崩解，正意味著全球化來臨後，傳統民族國家疆域的消弭與盤整，一個新的世界秩序於焉形成。

多年來四處行旅的李昂幾乎繞經大半個世界：從鄰近的日本、香港、馬來西亞、新加坡等亞洲地區；遠一點則到南美洲秘魯、德州、布魯克林貧民區等美洲地區，還有西班牙、法國、西西里島等歐洲地區；更遙遠一點到沙烏地阿拉伯訪「石谷遺址」、在撒哈拉沙漠紮營、甚至到南極的海灘看象海豹。去過了這麼多國家後，李昂的旅行心得之一是「在『全球化』世界愈來愈一致化之下，我常勸朋友，到中東、非洲，要趁早。[17]」一致性，其一是在不同的國家看到相同的景觀或物品，如跨國速食業者「麥當勞」遍跡全球，當李昂為追訪臺共謝雪紅的蹤跡來到日本神戶探訪「移情閣」，對面就是一處三層樓高的「麥當勞」，面海而坐的李昂就發出「自己是在美國，在舊金山？在洛杉磯聖塔・莫妮卡？」的疑惑[18]。

與轉型主義論（transformationalists）。參赫爾德（David Held）等著，沈宗瑞等譯：《全球化衝擊：全球化對政治、經濟與文化的衝擊》（*Global Transformations: Politics, Economics and Culture*）（臺北市：韋伯文化國際出版公司，2007年），頁3-15。

15 貝克（Ulrich Beck）著，孫治本譯：《全球化危機：全球化的形成、風險與機會》（*Was ist Globalisicrung?*）（臺北市：臺灣商務印書館，1999年），頁30。

16 沃特斯（Malcolm Waters）著，徐偉傑譯：《全球化》（*Globalization*）（臺北市：弘智文化事業公司，2000年）。書中的第四章至第六章就分從「世界級的生產：經濟全球化」、「俗世權力：政治全球化」、「新世界秩序：文化全球化」討論。

17 李昂：《愛吃鬼的華麗冒險》（臺北市：紅螞蟻圖書公司，2009年），頁35。

18 李昂：《漂流之旅》，頁87。

　　其二則是相互混雜的現象。在全球化下打開兩岸交流的頻繁，就有臺灣大廚遠赴上海開日本料理店，其料理勢必是具有「臺灣」味且符合「上海」在地風的「日本」餐點；以及昔稱「五里洋場」、「東方巴黎」，今為中國最大金融、商業中心的上海就聚合了世界各國的特色建築：

> 一時之間，整個城市淪為世界各式建物的匯聚處。紛雜的、求新的、實驗的高樓……這原是擁擠迫人的中國最早西化的大城市，人與人之間早見西方現代都會式距離，如今更開始了現代化的疏離與隔絕，一如其他世界性的大都會。（〈藍色的水母〉，頁 200）

自九〇年代後上海浦東被改建為摩天林立的資本主義展示櫥窗以吸引國際資金，在上海便可一覽世界國家的建築，甚至每天以極快的速度變化與陌生化；同時也匯聚了世界各地的人種以擴展跨國資本主義的版圖。全球化帶來的流動性，讓不同國籍的人輕易地匯聚於一地，本來的目的僅為擴張經濟版圖，但主體在多方文化的激盪下，不再只單純擁有一種特質，顛覆了薩伊德（Edward W. Said）提出東西方二元對立的主張，改寫了東方主義視野中的東方總是那落後原始、荒誕無稽、神秘奇詭，而西方則是理性、進步、科學、文明的象徵的截然二分[19]，文本中有一段中國職員對臺商老闆看法的有趣對話：

> 「我跟定我們老闆，因為他不是台商。」「小李」信誓旦旦的說。

---

[19] 愛德華・薩依德（Edward W. Said）著，王志弘等譯：《東方主義》（*Orientalism*）（臺北市：立緒出版社，1999年）。

> 「啊？」何方十分訝異：「他明明從台灣來的呀！」
>
> 「那裡，老闆留學美國，在美國打過工，作風美式，他是我師
> 傅，我都認定他是美國人。」（〈回家〉，頁285）

小李的老闆來自臺灣，但卻視他為美國人，此一身分的認定乃是依據
老闆求學時所培育出的美式領導風格。由此引起我們思索的是：身分
認同的基準點究竟是什麼？相對於全球化的流動性，傳統以血緣及出
生地認定的屬人或屬地主義則顯得太過僵化固著，即便是血緣，李昂
也提出空間移動的另一層身分反思：

> 台灣的原住民屬南島民族，海一直是他們的原鄉。現在有足夠
> 的學理證實，源自台灣的南島民族，分枝散葉到中南半島，最
> 遠處還到澳洲……我有時還真覺得不可思議，台灣這麼小的一
> 個海島，但卻是遍佈南亞、澳洲的先住民的源頭。真是神奇，
> 不知當年他們怎樣飄洋過海。（〈巫女之湯〉，頁68）

李昂在此拋出一個值得思考的議題：南亞、澳洲的先住民究竟是歸屬
於哪一個國家？若從血源來看，我們是否可以說，中南半島和澳洲的
先住民源自臺灣，所以他們屬於臺灣人？國際血型專家林媽利教授也
從科學的檢驗方式，自DNA採樣研究證實：阿美族與波里尼西亞人
之間有母系血緣的直接關聯，因此讓《經濟學人》報導說夏威夷人是
「made in Taiwan」[20]。準此，家國的認同是否必需建立在血緣的基礎

---

20 林媽利教授透過DNA的研究，透過三度空間觀看我們的祖先如何輾轉來臺灣。研究
指出臺灣部分平埔族擁有數千年前來自東南亞及亞洲大陸的血緣，這一發現，比原
先認知的來自四百年前的血緣（唐山公）要來得更早更為久遠。參林媽利：《我們
流著不同的血液——以血液、基因的科學證據揭開臺灣各族群身世之謎》（臺北
市：前衛出版社，2010年），頁9-13。

上，不辨自明。

再者，從地理空間來看，姑且不論他們當初如何飄洋過海，從臺灣遠赴澳洲。又或者，一如周曉東所推測當時的地理根本是相連的大陸，那麼又何須固著的依出生或成長地域的不同而給予一個身分認定？若順此脈絡聚焦中國與臺灣的空間關係，地理學家早已證實，冰河時期中國與臺灣形成一整塊相連的大陸，後來因板塊運動分開，才有臺灣海峽[21]，倘若本來就沒有地域之分、國度之別，「你泥中有我，我泥中有你」的混種必然，更何況進入全球化的高度流動後，我們大可高唱「We are the World」（我們都是一家人），根本無須苦思家國的歸屬定位。

但事實沒有那麼單純。數十年來中國與臺灣間政治立場的衝突對立與恩怨情仇，在進入全球化時代後並未全然消解，反倒存在一種若即若離的關係。一方面，中國自一九八○年代以來不斷進行改革與對外開放，主因是因為閉關鎖國式的作法在全球化的時代已經無以為繼，而必須進入世界市場以及以西方為中心的世界經濟秩序中[22]。另一方面，臺灣為取得廉價的勞力市場，促使兩岸的經貿交流日益頻繁，尤其自臺灣解嚴後的一九八○年代末期以來，臺商帶入中國的各項產業技術資源，是引領中國進入全球化的重要推手[23]，文本中被延聘到中國工作的臺灣女編輯就是挾著這股優勢在彼岸坐擁高薪：

---

21 地理學家研究指出，距今25000-18000年前，在這段時期臺灣海峽是不存在的。詳參「國立臺灣大學地質科學系碳十四年實驗室」（來源：http://carbon14.gl.ntu.edu.tw/history4.htm，2015年9月10日瀏覽）。

22 李英明：《重構兩岸與世界圖像》（臺北市：生智文化事業公司，2002年）。

23 陳添枝、顧瑩華著：〈全球化下台商對大陸投資策略〉，收入陳德昇主編：《經濟全球化與台商大陸投資：策略、佈局與比較》（臺北市：晶典文化事業出版社，2005年），頁1-26。

> 從台灣被高薪請來的「女強人」在一家時尚雜誌社工作，世界
> 聞名的跨國時尚雜誌的中國版。跨國企業的老闆認為中國自己
> 的人還得再等一下，才有足夠的時尚感，因此從台灣調來這女
> 總編輯。(〈藍色的水母〉，頁 186)

資本主義掛帥的全球化時代，有愈來愈多的跨國企業與臺商進駐中
國，李昂就指出在中國南方就有一條著名的「董事長街」(〈七世姻
緣〉，頁 18)，這些「董事長們」都是到中國投資的臺商，憑藉相似
的語言和文化之便到彼岸以攫取更多的經濟利益。當兩岸因商業行為
而有更頻繁的互動交流，也逐漸造成文化疆界的崩解。臺灣人為中國
帶來了特有的酒廊文化、婚紗攝影文化、時尚文化；而中國早先傳入
臺灣的民間故事、傳統戲曲、閩南語等，反在臺灣獲得了完整的保
存，中國的年輕領導就是來到臺灣後重新認知中國的固有文化。

　　除了經濟活動外，亦可見文化會議的交流。小說中的男女主角就
是在香港舉辦的「兩岸三地文學會議」中第一次碰面。爾後兩人陸續
在北投、福建、上海、大小金門、臺北 101 等地見面，正因為兩人不
斷移動的閱歷，在充滿流動感中屢屢萌生「如此相同又如此不同」的
既熟悉又陌生的身分。柯普蘭 (Caren Kaplan) 曾指出：

> 旅行的概念為一個擴張的跨國性，它產生以不同方式連結的主
> 體……旅行可視為一個各端點之間充滿張力的傅柯式的場域，
> 或者連結起點與多重端點行旅的延續 (continuum)，而非僅是
> 舊有的「這裡與那裡」的兩端／二元對立，這樣的理論可能衍
> 生更多重的主體[24]。

---

24 引自黃宗儀：〈全球都會區域的彈性身分想像：以台北與上海為例〉，《文化研究》第
　　4期 (2007年春季)，頁16。

旅行必然是身體的移動，是一種不可替代的主體跨界經驗，一個不斷行旅跨界者，確能感受到在全球化的後現代，國與國間的距離感頓時消失，疆界的崩壞導致國家的界限愈趨模糊，雖然地域性的特色仍然存在，但旅者在趨同性邊增的地球村中遊走，重點已不在照見外在的風景，更重要的是自我主體與他者不斷展開對話交鋒[25]，從而在全球化的流動感中衍生出更多重的主體，主體性不再純粹單一。文本中男女雙方所展開的身分對話，就是在不斷移動的空間中進行，由此一再照見臺灣與中國既同又異的種種特質。

小說將兩人的「似曾相識」置入民間傳說「七世姻緣」的框架，這七世夫妻歷經累代時空的流轉，都面臨只能苦戀相愛，永生永世無法結合的共同命運[26]。顯然的，從何方「不斷笑弄／鬧」周曉東的舉止，乃複製因觸犯天庭戒律而被貶下紅塵的金童玉女，據此隱涉何方是玉女，周曉東是金童投胎轉世，並歷經永世只能愛戀的怨咒。以兩人分別在小金門觀看了第五世「雪梅教子」的野台戲，因著伶人外貌的神似度，於似曾相識的熟悉感中展開跨朝代的無邊遐想：

會是他等同於那文弱書生，藉著長相神似的唱戲的男人，於今前來相會？！而她，一定在恍惚中以為，她作為相國千金，滿頭珠翠一身錦繡華服，那是她作為女子累積的無數前世，生生

---

25 宋美璍：〈自我主體、階級認同與國族建構──論狄福、菲爾定和包士威爾的旅行書〉，《中外文學》26卷4期（總304期），1997年9月，頁5。此處引用波特（Dennis Porter）在《心念之旅：歐洲旅行書寫的慾求與踰越》（*Haunted Journeys: Desire and Transgression in European Travel Writing*）的說法。

26 這七世分別是：孟姜女與萬杞良（秦）、梁山伯與祝英台（東晉）、郭華郎與王月英（唐）、王士友與錢玉蓮（宋）、商琳與秦雪梅（明）、韋燕春與賈玉珍（明）、李奎元與劉瑞蓮（明）。參徐進業：《中國民間通俗小說》（臺北市：文化圖書公司，1990年）。

世世齊齊穿越時空，匯聚在這水銀燈光爆亮的舞台，為著來向
他細訴衷曲。……啊！我等待的豈只是千年，我等待的，是整
個怨咒的兩千年，甚且更長的──永生永世……你可分辨得出此
時此刻，我究竟是誰？是千金小姐、是丫鬟，還只是我？
（〈島上的女人〉，頁 243-245）

戲台上搬演明朝商琳與秦雪梅無緣結縭的故事：兩人雖指腹為婚，但
後來因商家家道中落，嫌貧愛富的秦父便想出以丫鬟代嫁的詭計，生
有一子後獲知真相的商琳氣急病死，秦雪梅則決定與丫鬟共同撫育孩
子，終生不嫁。當戲台上的商琳幻化成周曉東的身影，何方彷彿也化
身為與商琳有婚約的秦雪梅，但恍惚間似能與之合體交歡，宛若又變
身為丫鬟。若兩人果真歷經多世的姻緣流轉，那麼在此超驗空間中歷
經穿越時空投胎轉世與不同的肉身展現，讓李昂不斷提出「可是我是
誰？／我想作誰？／我會是誰？我究竟是誰？」（〈島上的女人〉，頁
247）的身分困惑，同時展現出前世今生的身分流動。此一在不同朝
代（時間）的歷時性流動特質和現今全球化的共時性（空間）移動不
謀而合。當此世的何方感應到明朝時的自己可以是秦雪梅，也可以是
丫鬟時，同樣指向在超驗空間時變動不拘的身分。

在時間、空間都無法框限身分的論調下，作者更進一步安排出生
中國的官方代表周曉東到臺灣後反而更自在，比臺灣人更像臺灣人。
因為出版社派駐的緣故，周曉東一年有三分之一的時間待在臺灣，當
他們相約在臺北地標「一○一大樓」碰面時，何方就忍不住驚呼「老
天！你真像個台灣人。」（〈回家〉，頁 262）尤其「閩南語也會通」
的關係，連計程車司機也以為他是道地的臺灣人。他對臺灣本土的人
事物極感興趣並深度瞭解，就在其負責的通訊社就寫下「烏龍茶」、
「三峽老街」、「生態民宿」、「大甲媽回娘家」、「珍珠奶茶」、「檳榔西

施」等十分臺灣在地性的文章；也明言因身在臺灣，才更接近所喜歡
的自己，日後雖被調回上海，嘴裡講的是臺灣，想的也是臺灣，喜歡
的也是臺灣女人。由此啟人遐想的是，身為中國官方新興一代的周曉
東，身分究竟認同何者？小說中以周曉東明確表明喜歡何方居住的城
市──臺北，並說「我以為我才該叫何方」（〈藍色的水母〉，
頁182）可知，身為中國領導卻鍾情於臺灣，表現出對流動身分的渴
望。也因著兩岸交流頻仍，何方就指出全球化後的改變：

> 何方發現，台灣與中國雖仍有明顯的時、空、主權差距，可是
> 不再是她多年前初識他時所感受到的：他們之間任誰活在誰的
> 土地上，都不會快樂。於今，誰活在誰的土地上，都不致不可
> 能。（〈回家〉，頁269）

在疆界逐漸模糊中，對生長空間的依存感亦漸鬆動。雖然兩岸對一個
中國的政治立場仍各自表述，但因全球化後經濟交流開啟的文化碰
撞，也不再那麼敵我爭鋒、勢不兩立。也因為這樣的流動感讓何方不
斷透過行旅以尋找、累積「家」的感覺。若「家」是「國」的指涉，
那麼她正是在跨國的旅途中思索自我與家國的關係。對長年旅居在外
的人來說，家鄉歸屬感淡薄，即便在自己的國家也感覺與在世界各處
流浪無異，甚有人會斬釘截鐵的宣稱：「老婆、小孩在哪裡，哪裡就
是家。」意思是「國家？沒什麼好說的。」（〈異議份子〉，頁 103）
家國的想像不再定於一尊，也不侷限於一種固著的實有身分，而轉向
一種流動的虛級化。據此，李昂一改她在一九九三年在海外公開發表
的臺獨主張：

> 在中國戰敗於毛澤東的蔣介石政權，逃來台灣，與兒子以「中

華民國」稱號統治島嶼四十年。直到九〇年代開始民選總統，
台灣陷入與中國之間複雜的要統一、要獨立的問題。
而一直有多數人的選項是「台灣維持現狀」。（〈島上的女人〉，
頁227）

維持現狀意味著：究竟是統是獨，大多數人並不在意，只要臺灣維持
目前主權獨立、經濟自由化、政治民主化的現況就好。在國際上，中
華民國（臺灣？）不被承認是一個國家，然而在政治實際運作上，擁
有主權獨立的中華民國當然也不是中華人民共和國的一省，這樣一
種姜身未明的身分，讓周曉東最後以「島上的女人」稱呼何方，在國
外的何方就說，「她的家是一個大島臺灣，帶著幾個小島、一群更小的
小小島組成。」（〈島上的女人〉，頁248）以「島」稱臺灣，乃是採用
空間地理的概念，相對於「大陸」而言。此說非但非貶抑之詞[27]，反
倒是臺灣並不是中華人民共和國其中一省的主張。尤其在這個流動空
間（space of flows）逐漸取代地方空間（space of places）的全球化時
代，社會意義從地方中蒸發，並在流動空間重新建構的邏輯裡，被
稀釋與擴散[28]。因此，當主體歷經不斷的跨界流動與穿越國族疆界，
家國的意義逐漸淡化後，深感「原鄉出來後，不會再是原鄉，也不必
然是原鄉。……原鄉其實在不斷的變動中」（〈回家〉，頁 264），既然
家鄉的歸屬認定不必然得歷時性溯源到數世代前的先祖，非土生土長

---

27 廖炳惠指出，周曉東不經意間吐露出的中國族群中心主義，將何方視作「島上的女
　　人」是一種貶抑說辭。參廖炳惠：〈夢鎖泉漳兩岸情──試論李昂《七世姻緣》的
　　跨地情愛書寫〉，《中正大學中文學術年刊》總第15期（2010年6月），頁104。

28 曼威・柯斯特（Manuel Castells）著，王志弘譯：〈流動空間中社會意義的重建〉
　　（Conclusion：The Reconstruction of Social Meaning in the Space of Flows），收入夏
　　鑄九、王志弘編譯：《空間的文化形式與社會理論讀本》（臺北市：志文出版社，
　　1993年），頁367-374。

卻具認同感的「新臺灣人」、「新上海人」也早已喊得震天價響,跨國主體的「彈性身分」(flexible identities)因應地球村而生[29],那麼,李昂以「島」喻身分的流動也顯得十分符合現今全球化的寓意;而彈性身分正是讓臺灣人民從實有固著的統、獨身分中解放出來,轉而發展出虛寫的國族想像。

三　東方式浪漫愛情的兩岸關係指涉

以男女愛情與性愛為題,《七世姻緣之台灣／中國情人》當然不是李昂小說中的第一部,《愛情試驗》(1982)、《一封未寄的情書》(1986)、《花間迷情》(2005)就都明確以情愛為名。但何以當她表態要寫一個浪漫的愛情故事時,她的眾親友們卻同感不可思議且做了一個漫畫式的跌姿[30]?其關鍵就在「浪漫」兩字。扛著女性主義旗幟的李昂曾對傳統女作家書寫世俗定義的浪漫嗤之以鼻,對那種花前月下、雲月風雨的「你儂我儂、式煞情多」之作不屑為之,因此當她高喊要寫一篇浪漫的愛情小說時,眾人自覺詭譎不可置信[31]。再者,向

29　「彈性身分」(flexible identities)是黃宗儀借用王愛華(Aihwa Ong)的「彈性公民權」(flexible citizenship)與哈維(David Harvey)對彈性積累的定義,而提出「彈性身分」一詞分析全球化都會連結衍生的跨國主體想像,包括「全球菁英」(the global elite)、「空中飛人」(astronauts)、「世界都市人」(cosmopolitan urbanites)、「世界公民」(citizens of the world)等。詳參黃宗儀:〈全球都會區域的彈性身分想像:以台北與上海為例〉,頁11-40。另,有關「新上海人」的看法:「對於『新上海人』,大家一致同意,如上海本身一樣,是生生不息的;新上海人變成老上海人,老上海不斷吸納來自全國各地不同背景的新移民和上海本地區居民,為城市帶來源源不絕的新觀念和新知識,又派生了新上海人」。參上海正大研究所主編:《新上海人》(香港:三聯書店,2003年)。

30　李昂:〈序——地球村的台灣／中國愛情故事〉,《七世姻緣之台灣／中國情人》,頁vi。

31　李昂對自己的專訪寫道:「一般人總以為,女作家只要花拳繡腿寫些風呀!雲呀!

來問題意識強烈且披露社會議題總是走在前頭的李昂，從〈人間世〉涉入校園性禁忌的話題開始就不斷遭受謾罵與爭議，但始終誠實做自己的李昂仍自各種性變奏的題材，反映現今飲食男女的情欲亂流[32]。這些情愛故事掩卷讀來，不僅無法讓讀者產生浪漫的唯美綺思，甚至還有些荒誕驚悚。這一回，李昂大聲召告要寫一部「可以愛情，可以浪漫」的小說，但又極具巧思的將它擺放在臺灣／中國的兩岸關係中，顯然這個浪漫的愛情故事並不單純。

　　誠如前述，小說開宗明義將臺灣女作家和中國新興領導談了一段七年的戀情放在中國民間傳說「七世姻緣」的框架中，從女作家不斷的笑弄男性，即託喻玉女在天庭因著對金童一笑而觸怒玉皇大帝，遭謫貶凡間的傳說，藉由前世今生的時空流轉帶出兩人的似曾相識感，譜寫出冥冥中注定的情愛。有別於西方童話中王子和公主從此過著幸福快樂的美滿結局，七世夫妻幾經輪迴轉世皆苦苦愛戀，不得結合，有情人終不能成眷屬，道出東方式刻骨銘心的愛情故事，都不曾以大團圓告終的原型。當兩人的情愛置入「七世姻緣」只能相戀但終不能結合的結局，並從男性／中國、女性／臺灣的符旨中，正是指向兩岸只能交流卻無法合為一體的曖昧關係，由此回應臺灣人民不僅只能有二擇一「統」或「獨」的固著身分，從而轉向流動虛構的家國想像，此即李昂書寫這部東方浪漫愛情故事的意旨所在。

月呀的散文，就可以作女作家，再以女作家的名目作怪。再者，許多人會以為，女作家一定特別浪漫，因而，對待女作家會用異樣的眼光。」參李昂：〈新納蕤思解說——李昂的自剖與自省/施淑端親訪李昂〉，《暗夜》，頁162-163。

32 王德威曾歸納出李昂筆下的性，多半與畸情的、扭曲的男女關係有關。在李昂的筆下，通姦偷情是尋常題材，將性偷窺化、禁欲化、妄想化、淫蕩化、春宮化、自虐虐人化以及死亡化，而在短暫的高潮過後，隨之而來的經常是陰鬱慘淡的嘆息，不過如此的虛脫，或更不堪的，被羞辱、被閹割的焦慮，甚至被宰掉的威脅。參王德威：〈性，醜聞，與美學政治——李昂的情欲小說〉，收入李昂：《北港香爐人人插——戴貞操帶的魔鬼系列》，頁14-15。

正因為知曉七世姻緣的咒詛使得情人終無法成為眷屬，何方真實的歡愛場面都不是和摯愛曉東。這部愛情小說最特別之處就在於：李昂一改慣用的腥羶嗆辣的肉體情慾實寫，男女雙方在現實的談話與行為舉止均發乎情、止乎禮，兩人的纏綿情慾以虛空的方式展現，讀來備感奇異虛幻，也別具政治寓意。首先，是在北投地獄谷「巫女之湯」旅遊，於湯守觀音的迷濛雨霧中，在一群同遊的觀光者中展開彼此的凝望：

> 何方不知怎的感到，在自身的凝視裡有著身後斜後方周曉東的視線——／她，何方——看著的眼中——有他，周曉東——在看的。／她、他，（他們）一起在看。／透過他的眼中，她、他，（他們）一起在看。／（可是她與他一前一後還斜對著，兩人再怎樣都無從有平行的視線。）／無盡的紛亂，心念百轉千迴的瞬間飛馳。她、在看、那湯守觀音、撩人的渾圓挺立傲人胸乳……他的眼中、視線裡、同樣是、那湯守觀音、撩人的渾圓挺立傲人胸乳。／（透過她的眼中，她、他，他們一起在看。）／卻是她還心知肚明的知道，身後不遠處的斜後方——／他——在——看——她／重重疊疊／疊疊重重／的／紛亂／然後何方感到，從周曉東的視線、從她、他，（他們）搖移、破碎、時斷時續，但應是共同的視線裡。（〈巫女之湯〉，頁 71-72）

兩人並非四目相交，但卻可以感受到斜後方眼神的凝視，心有靈犀的同望向湯守觀音，一如日後他們相約在泉州新近落成的橋上相見，何方仍能認出在長遠距離外人群中的周曉東，據此說「『看見』非眼目所見，而是一種感覺。」（頁 149）以呼應此段。雖然彼此始終沒有

實質的肢體觸動，但兩人間似有若無的相知感應，靈動流轉的契合眼神，已足以心神蕩漾。由眼神誘發內在的交融合鳴，但卻因外在環境帶來重疊糾結的紛亂感，這可由兩人的相會地點與同遊者談論的話題中窺見兩岸關係的頡頏交鋒。

　　兩人第一次在臺灣的見面地於「北投」溫泉區，由該地地名及歷史可見李昂對兩岸間統獨之爭難分難解的喻託。其一，「北投」（Pataum）譯自平埔族語，意為「巫女的住所」。相傳當時凱達格蘭族人來至此地時，看到溫泉冒著霧氣，認為是女巫居住在此地而命名，由地名揭示臺灣自有的原住民傳統。其二，北投此行乃為中國訪客指定，目的在探訪郁永河於三百多年前銜清廷之命來臺採硫礦的歷史足跡，此舉不外乎是中國官方堅持臺灣屬於中國的主權宣誓。其三，日本取得臺灣的統治權後，喜好泡湯的日人即在此大興土木，興建日式旅館、庭園，以及將漢人所見的「王爺廟」改建為溫泉守護神──「湯守觀音」[33]，在這些建築空間中展示臺灣受日本殖民的事實。李昂藉由眾人遊訪「北投」一地再現臺灣發展史的寓意十分明顯：臺灣本有的原住民血統，明清時期畫歸中國的隸屬，甲午戰後轉手日本殖民的歷史斷裂，都在北投這個空間具現。

　　但在兩岸政治意識形態迥異下，因為處在這一個深具歷史意涵的空間而展開了雙方的統獨之辯。中國的領導仍堅持臺灣隸屬中國，直指臺灣若獨立，則是數典忘祖的罪人；臺灣的老輩作家則歷數臺灣一路歷經荷蘭、葡萄牙、日本、蔣氏政權統治的事實，幾經異族殖民所展現的獨特性。何方也以七世姻緣中「孟姜女哭倒萬里長城」在臺灣的轉化傳說：孟姜女在中國是來自天庭的玉女，然到了臺灣則是從一

33　此尊湯守觀音於日治時期奉祀於北投普濟寺，觀音菩薩稱為「湯守觀音」，「湯」即溫泉，「湯守」即是「溫泉守護神」之義。參「台灣宗教寺廟網」（來源：http://www.taiwantemple.com/2127125237262222863923546.html，2015年9月11日瀏覽。）

顆巨瓜中出生，此說很顯然嫁接於日本「桃太郎」來自一顆桃子的故事，由此證實臺灣屢經異族統治，臺灣文化的多元雜揉並不完全傳承於中國的特殊性。更進一層，何方以為北投的原住民「凱達格蘭族巫女是母系社會，男人來來去去，並不那麼重要」（〈巫女之湯〉，頁67），若女性是臺灣的指涉，男性是歷來殖民臺灣的異族，那麼來來去去的異族對臺灣來說也就不過是一個個的過客，再從男女雙方無法有實際的身體結合，只能透過眼神的凝視傳達愛意，由此指出兩岸間只能相戀交流，但終無法結合的寓意十分明顯。

另一段更極致的情欲書寫，除了同樣有重疊紛亂的凝視外，更細膩描繪何方發功性愛的場景。這段彷若轉化武俠小說運氣發功以打通全身經絡的橋段，李昂洋洋灑灑寫了十頁之多，有若神來之筆，在小說未出版之際，甚至還迫不及待地打越洋電話唸給友人聽，自詡為小說最精彩之處[34]，下文則分別節錄部分男女雙方在發功過程中的描寫：

> 她看到他，他一樣在看，凝視，氤氳中乍現視線裡的形體：**重重疊疊／疊疊重重／的／紛亂／**……為了專心致志，這回何方伸出雙掌，到距周曉東軀體只有一兩吋處，但始終不曾真正碰觸到他。而源源不斷的熱隨著她的掌心，絲絲縷縷點點片片，**過去、過渡、過往、過**達到他身上，極細極細的汗，可見的在他額際沁出。／她的手來到他胸口處。／啊！怎樣強勁力道回來的迴力撞擊，何方感到自身猛然受到瞬間強撞，胸口一緊，一口氣差點提不上來。疼，**心口像有個傷口**，涓涓的藍色的憂

---

34 李昂談《七世姻緣之台灣／中國情人》專訪。（來源：https://www.youtube.com/watch?v=5955aZDGpgU，2015年8月30日瀏覽）。

傷，在那心田的深處，淌流……何方清楚可見周曉東長褲前端
一團碩大的隆起，如此壯觀的在不厚的褲料下具形具狀的展
現，繃緊褲身躍然欲出。啊——**那樣償張的雄偉的宣示**，然後
在最極致後慢慢的在消逝。／……而男人的神色間有那樣如同
一大場最興致淋漓的性愛後、極致享樂的歡快滿足。／**極樂**。

紛亂中，他眼裡的視線，他的手，在那雕塑已成的女體上，那
樣千般細緻、萬般柔情的渾身遍體撫摸（她的手於他身後幾吋
之間，她全然不曾碰觸到他。）／……卻是剎那間有若可見，
那手，就在對面處，纖長美麗的大手，握有一大團，泥團麼？
可以搓揉，在他的手上搓長成線狀細線，長長的延伸下來，好
似如此柔軟又富韌性。是啊！**柔軟，他提著那線在我的身上，
你要作啥？以線圈圍住我？那泥線細處若繡線，他何以能束縛
於我？！**／然後意會他是以**線盤、結、纏、繞、堆、塑，於我
全身遍體造成浮凸的圖形。**／**是雲紋、水紋？**／**他於我的胴體
上遍處銘紋、以泥線烙下記號**……**這圖記可是你秘密於我的胴
體雕畫留下的不為人知的暗記！你是不是藉著銘留於我身上前
世的相熟的記號，好來生辨識於我？！**（〈藍色的水母〉，頁
203-209。筆者案：粗體字為筆者所加。）

這兩段分別是勾勒何方發功後彼此之間愛的靈動，前段是女對男，後
段是男對女。當這段看似極端的情色卻又不顯露骨，還帶著幾分浪漫
唯美的「氣功性愛法」同樣置入女性／臺灣、男性／中國的喻託中再
次說明兩岸關係。兩人在運氣引流後雖然沒有身體的實質碰觸，但卻
彷若經歷了一次交合的歡暢淋漓。女性對男性產生重疊紛亂的情感，
正是再次指向臺灣與中國間複雜糾葛的兩岸關係；在氣體的交流中，

歷歷再現七世姻緣的過往與傷痛，一如兩岸間剪不斷、理還亂的恩怨情仇，最終在國共內戰失利的國民黨政權帶著一身的傷痛退守臺灣。當男性感應到女性將一股熱氣由外而內的推進他的體內，由單點漸擴大為面，男性碩大的陽具隆起，猶如「臺灣自古屬於中國」的權力宣誓。

男性呢？他選擇以纖細而柔軟的泥線撫觸女體，在氣的催動下，透過纏繞堆塑等各種撫摸的方式，自敞開的衣襟領口、乳溝雙峰、細小蠻腰、豐臀骨溝一路下探到谷底私密處，企圖以泥線束縛女性的意圖十分明顯，宛如臺灣在國際關係上處處受到中國的局限與打壓。再者，男性也企圖以線圈銘記兩人累世不滅的姻緣印記，一再提醒臺灣與中國間的緊密關係。在重疊的深情凝視及以線絲遊走女體全身後，周曉東在氣與氣的交流中宛若完成一場興致淋漓的交歡，也就達成臺灣屬於中國的主權宣示，自然擁有極樂的歡快滿足。

但別忘了，這些令人春心蕩漾、怦然心動的畫面，都是在虛空的狀態中透過氣的交流進行完成。有別於向來李昂真槍實彈的情慾實寫，虛寫的男女交歡的精彩度的確更勝於實際的性愛畫面。但更重要的在表示由兩人終究無法結合，只能想像的性愛中隱涉：不管男方／中國再怎麼強勢的主張臺灣屬於中國，但兩人僅能擁有虛空歡愉卻終究無法實際結合的結果看來，臺灣終究只能與中國保持交流卻無法合為一體的關係。

發功的過程仿若經歷一場纏綿悱惻的性愛歡愉，然而在「氣功性愛法」中可見男女雙方仍有各自的堅持，可謂是「一場性愛，各自表述」。何方在感應對方身體後知悉兩人七世姻緣的糾葛關係，轉從佛學的思想中有了「空」的體悟：

　　從來不曾如此真實的感到，那擁抱事實上是一種「空」的狀

態。／雙方都將軀體「空」出來，接受納入對方。然軀體除了
原有的「孔穴」，畢竟無以空之，於是，手伸出去了，環抱成
中空的圓，腳叉開了，空間足以容納另方──不管納入的是什
麼。(〈藍色的水母〉，頁 210)

「空」的體悟，來自於七世姻緣的最後一世。此世兩人終能結為連
理，但卻在新婚之夜慘遭火噬，兩人相擁而亡。若以擁抱總括人間情
慾的各種內容，佛家以為情慾是眾生情感表現之一，和人世間所有情
執一樣，有緣起的暫時樣相，本質也是無自性、不能永恆；李昂因而
能有擁抱是一種虛空狀態的體悟。將「空」視為一種狀態，是佛學
「緣起」的思想概念。原始佛教以為：一切諸法都是依「十二因緣」
而生，是為無自性，即所謂的「空」[35]。「空」的概念從佛陀時代到大
乘佛教發展很複雜[36]，但一般多指龍樹的中觀學派提出「緣起性空」、
「色不異空」的思想。「色」指六境：色、聲、香、味、觸、法，「空」
是指去除執著的手段，而不是有一種實際的存在物稱作「空」[37]；而
六境皆為無常、無自性，都是短暫的、剎那生滅的、變化的、不實在
的，也就是不真實也不能永久存在的假相，一切都是「緣起性空」，所
以無需執著、空掉一切的妄念。因此，在此「空」的覺知下，不再執
著於兩人必須結合的「有」，自然就能將身體空出來，反倒得以容納

---

35 原始佛教的「十二因緣」的內容是：無明、行、識、名色、六處、觸、受、愛、
   取、有、生、老死。詳參林朝成、郭朝順：《佛學概論》(臺北市：三民書局，2000
   年)，頁61-67。

36 詳參姚衛群：〈佛教的「空」觀念及其在當代社會的影響〉，《普門學報》第二期
   (2001年3月)，頁1-9。

37 「色」是指「物質」，「色、聲、香、味、觸、法」等六境，然若廣泛的說，還包括
   「六處」(指六境入於識之處，故六處或譯為六入，或六入處，即指六根)和「觸」
   (指根、境、識三者和合所生之眼觸乃至意觸等六觸身，也就是根境識三者和合的
   感官、知覺作用)。參林朝成、郭朝順：《佛學概論》，頁64-73。

對方的所有，此時空即是有，唯有大空才能大有，最後終能圓滿的進
入對方的懷抱。

在這裡，我們讀到李昂有別於在前作中各種春色無邊的實質情慾
書寫，男女卻多因性愛造成沮喪，以及沮喪導致的頹廢[38]。然在此作
中雖未有任何身體上的實質接觸，雙方反倒能在虛寫的情愛中有「舒
坦中無盡的喜樂」（〈藍色的水母〉，頁211），不再執著法相反而能得
到真正自在而平靜的法喜，這正是自佛法「色不異空」、「緣起性空」
的頓悟。若從何方在「空」的解悟中，明瞭無需執著此生是否能與周
曉東結合此一相，唯有空掉此一妄念，不再陷於虛妄的我執中，才能
從求不得苦中解脫指涉兩岸關係，顯然李昂於此乃在佛學中參悟，正
因中國與臺灣或統或獨的執著心，才不斷落入對立、僵化、征戰的緊
繃關係，若能明瞭一切皆是短暫的、暫時樣相的虛相，自然可以從
「誰該隸屬於誰」的求不得苦中獲得解脫之道。

小說最後，仍然沒有改寫七世姻緣的分離結局，周曉東死於一場
西藏參訪的車禍意外，完全相應於七世中的男性沒有一世存活下來的
結果：死亡，病死、燒死、淹死；而這一世則因交通意外而死。或許
是心靈相犀，其時的何方正在聆聽藏傳秘教上師開示教誨有關死亡的
生命課題，事件發生後，上師立即為亡者展開法會儀式，當她感知確
信他就在那裡，遂在誦念聲中為他默禱消解一切業障孽緣，希望藉此
能夠得到解脫：

> 不要愛上天道出現的微弱白光，不要迷戀、渴望它。被它吸
> 引，就會轉生天道，在六道中輪迴，它是解脫之道的障礙。不

---

38 林依潔：〈叛逆與救贖：李昂歸來的訊息〉，收入李昂：《她們的眼淚》（臺北市：洪
　範書店，1984年），頁217。

要看那微弱白光，要嚮往明亮的藍光，一心觀想毘盧遮那佛
（圓滿報身佛）。祈禱：我因無明障礙而生死流轉，在法界體
性智的光道上，唯願毘盧遮那佛引領於前，祂的明妃金剛行佛
母護佑於後；助我走過中陰的險道，待我進入圓滿的佛境。
（〈終卷〉，頁300）

甫意外身亡的周曉東，正走在前世死與次世生的路上，也就是佛家所
謂的中有（antara-bhava 中陰生）時期[39]，面臨再次進入六道輪迴（地
獄道、餓鬼道、畜生道、人道、阿修羅道、天道）的生死流轉，抑是
解脫痛苦、證得涅槃的抉擇。在中陰的各階段會看到不同強度和顏色
的光：六道分別是黯淡迷濛的白光（天道），藍光（阿修羅道）、紅光
（人道）、黃光（畜生道）、綠光（餓鬼道）與黑光（地獄道），是由
貪、嗔、癡、欲望、嫉妒和傲慢累積而成[40]；菩薩道則是擁有不同顏
色的強光。因此何方祈禱周曉東不要被微弱白光的天道吸引，要朝向
強烈的藍光走去[41]，不啻正是希望周曉東可以超脫輪迴、證悟涅槃，

---

39 「中陰」在藏文中稱為Bardo，是指「一個情境的完成」和「另一個情境的開始」
　　兩者間的「過渡」或「間隔」。Bar的意思是「在……之間」，do的意思是「懸空」
　　或「被丟」。Bardo一詞因《中陰聞教得度》一書的風行而聞名。中陰依人的四個實
　　相分成四種中陰：1. 此生的「自然」中陰：包含生與死間的整個過程；2. 臨終的
　　「痛苦中陰」：從死亡過程的開始，一直到所謂「內呼吸」結束；3. 法性的「光
　　明」中陰：包含死後心性光芒的體驗；4. 受生的「業力」中陰，即我們通稱的中陰
　　身，又稱為受生中陰，它一直持續到我們投胎有新生命為止。整個中陰身期間，平
　　均長達四十九天，最短是一個星期，我們在中陰生等待，一直到與未來的父母親產
　　生業緣，李昂寫「中陰生」應為錯字（原為「中陰身」）。參索甲仁波切（Sogyal
　　Rinpoche）著，鄭振煌譯：《西藏生死書》（*The Tibetan Book of Living and Dying*）
　　（臺北市：張老師出版社，1996年），頁140-142，及頁358-371。
40 同前註，頁350。
41 筆者案：由前後文觀之，此處「明亮的藍光」應是強光，因通往佛菩薩的是強光，
　　而強光有不同的顏色。

也就不再進入七世姻緣的流轉中。周曉東的死以及不再落入輪迴，並順利進入圓滿的佛境就表示兩人得以結束七世姻緣的關係，由此隱喻得以斬斷臺灣與中國間長久以來的紛擾糾葛。

我們也發現到，男性死亡後女性反得解脫之道還表現在心情上。周曉東在世時，因為對強烈情愛的執著，何方常沒緣由的產生各種負面情感：

> 那始自知覺到對他的強烈情愛後，即如影相隨而來一種說不出的悲哀。那樣深心的傷痛，有若真正是千古互存來自內裡的悲傷。更不用講沒來由的慌亂而且害怕，就是難以言說的心慌，整個人打從心底，不知那裡來、不見原因的恐慌。（〈回家〉，頁270）

猶如七世姻緣的每一世愛戀都充滿眼淚，而此刻的她在上師的誦念聲中得以清心靜念，歸於平靜。將塵世中苦苦追求的情感在佛學中參悟，並得到生命的寧靜及安頓，在佛教儀式中結束塵緣，這顯然不是西方愛情幸福快樂的結局，更重要的是，何方在周曉東意外身亡後的心境反而獲得平靜自在的解脫：「清心靜念，觀想一切俱如水中之月不著於相」（〈終卷〉，頁300），這意味著只有和周曉東／中國結束七世姻緣的糾葛且尋不到出口的關係後，何方／臺灣方得以平靜，中國也不會再以武力要脅臺灣，臺灣也才有真正獨立自主的可能。

四　結論

在李昂長達四十年的創作中，多觸及政治與性的禁忌題材，希望透過創作以揭發社會、政治、人性的真實面；最廣為人知的，莫過於

一九九七年《北港香爐人人插》登上媒體的社會政治版面，一時間文
壇政壇沸沸揚揚。姑且不論是看門道還是湊熱鬧，對於政黨、權力、
性三者間的糾結關係確成為當時茶餘飯後的話題，也的確達到了創作
要反映時代的目的。因香爐「對號入座」事件而承受莫大壓力的李
昂，轉而在世界行旅的異國美食中尋找並重新審視自我與家國的定
位。也就在全球化已儼然形成一地球村的感受中，不再執著於臺灣獨
立的家國想像，《七世姻緣之台灣／中國情人》就分從血緣、出生及
成長的地域性以及跨國空間的各種辯證，還有前世今生的時空流轉，
和東方浪漫愛情只能相戀卻無法結合的七世輪迴故事，指向身分的流
動與虛構，不再侷限於一種固著的實際身分，無疑是將實寫的家國身
分轉向虛級化。爾後，當她創作《附身》再重回本土本地，才能有觀
看臺灣的不同想法：

> 多年來繞經大半個世界，對這「重新」接觸到的台灣，更能深
> 切體會走過重重苦難荊藜，島嶼有了今日的民主與自由，即便
> 尚未完善，卻令我真正看到「附身」可以有另種「脫胎換骨」
> 的前瞻意義：被多重附身可以形成的多元化、混種、創新的可
> 能[42]。

臺灣歷經荷蘭、清帝國、日本與國民黨統治，宛如一種附身，在全球
行旅前李昂多採取一種悲情、抗爭的書寫；但跑遍大半個世界後的
李昂再重新觀看臺灣，發覺多國的附身並非一無是處，也提供了臺灣
脫胎換骨的養料，混雜流動的非單一身分反倒帶來了更多元創新的
可能。

---

42 李昂：〈〔序〕一再的被附身：失樂園及樂園重建〉，《附身》（臺北市：九歌出版社，
　　2011年），頁7。

　　全球化的流動感也同樣展現在現今男女速食愛情與一夜情的愛情觀，尤其資訊網路交友更充滿虛擬的變動性。但充滿張力的是，李昂在此作中反將兩岸戀情嫁接於中國民間傳說「七世姻緣」的故事，兩人戀情的專一深摯但卻不得結合的寓意昭然自揭，顯然有別於〈北港香爐人人插〉中人盡可夫的女性，李昂這一次雖寫了個東方式的浪漫故事，但放在兩岸關係中的政治寓意才是這部小說創作的真正企圖。李昂的浪漫，並不落入俗套的花拳繡腿，也沒有花前月下的你儂我儂，更異於她向來挑戰性禁忌的情慾實寫，透過目光凝視與發功的氣體交流，採虛寫情欲的方式卻又達到悱惻纏綿的情感，除了令人驚艷與讚嘆外，再次由兩人徒有虛空歡愉卻無法有實質的身體結合指涉兩岸間僅能保持交流卻終究無法合為一體的關係。尤其兩人仍然沒有自七世姻緣的咒詛中脫軌，當中國男性意外身亡後，臺灣女作家在上師的誦念聲中有了「空」的頓悟，並祝願他得以超脫六道輪迴，兩人不再受生生世世僅能相愛無法結合的癡苦，而終能獲致心靈的自在與平靜的結果，不正也意味著女性／臺灣只有和男性／中國脫離關係，才能不受限於中國的威嚇恐嚇，才有真正獨立自主的可能，這也是李昂虛寫國族與愛情的真正意旨所在。

文學研究叢書・臺灣文學叢刊 0810008

聚光燈外：李昂小說論集

作　　者　戴華萱
責任編輯　翁承佑
特約校稿　林秋芬

發 行 人　陳滿銘
總 經 理　梁錦興
總 編 輯　陳滿銘
副總編輯　張晏瑞
編 輯 所　萬卷樓圖書股份有限公司
排　　版　林曉敏
印　　刷　百通科技股份有限公司
封面設計　菩薩蠻電腦科技有限公司

發　　行　萬卷樓圖書股份有限公司
　　　　臺北市羅斯福路二段 41 號 6 樓之 3
　　　　電話 (02)23216565
　　　　傳真 (02)23218698
　　　　電郵 SERVICE@WANJUAN.COM.TW
大陸經銷　廈門外圖臺灣書店有限公司
　　　　電郵 JKB188@188.COM
香港經銷　香港聯合書刊物流有限公司
　　　　電話 (852)21502100
　　　　傳真 (852)23560735

ISBN 978-986-478-102-7
2017 年 7 月初版一刷
定價：新臺幣 240 元

如何購買本書：

1. 劃撥購書，請透過以下郵政劃撥帳號：
　　帳號：15624015
　　戶名：萬卷樓圖書股份有限公司

2. 轉帳購書，請透過以下帳戶
　　合作金庫銀行 古亭分行
　　戶名：萬卷樓圖書股份有限公司
　　帳號：0877717092596

3. 網路購書，請透過萬卷樓網站
　　網址 WWW.WANJUAN.COM.TW

大量購書，請直接聯繫我們，將有專人為
您服務。客服：(02)23216565 分機 10

國家圖書館出版品預行編目資料

聚光燈外：李昂小說論集 / 戴華萱著. -- 初
版. -- 臺北市：萬卷樓, 2017.07
　　面；　公分
ISBN 978-986-478-102-7(平裝)

1.李昂 2.中國小說 3.文學評論

857.7　　　　　　　　　　　106011305